Οι διεστραμμένες αδελφές

Οι διεστραμμένες αδελφές

Aldivan Torres

aldivan teixeira torres

CONTENTS

Οι διεστραμμένες αδελφές

Aldivan Torres

Οι Διεστραμμένες Αδελφές

Συντάκτης: **Aldivan Torres**
2020- **Aldivan Torres**
Με την επιφύλαξη παντός δικαιώματος

Αλντιβάν Τόρες, Μάντης, είναι λογοτέχνης. Υπόσχεται με τα γραπτά του να ευχαριστήσει το κοινό και να τον οδηγήσει στις απολαύσεις της απόλαυσης. Το σεξ είναι ένα από τα καλύτερα πράγματα που υπάρχουν.

Αφοσίωση και ευχαριστίες

Αφιερώνω αυτή την ερωτική σειρά σε όλους τους λάτρεις του σεξ και τους διεστραμμένους σαν εμένα. Ελπίζω να ανταποκριθώ στις προσδοκίες όλων των τρελών μυαλών. Ξεκινώ αυτό το έργο εδώ με την πεποίθηση ότι η Αμαλία, η Μπελίνχα και οι φίλοι τους θα γράψουν ιστορία. Χωρίς άλλη καθυστέρηση, μια ζεστή αγκαλιά στους αναγνώστες μου.

Καλή ανάγνωση και πολλή διασκέδαση.

Με αγάπη, ο συγγραφέας.

Παρουσίαση

Η Αμαλία και η Μπελίνχα είναι δύο αδελφές που γεννήθηκαν και μεγάλωσαν στο εσωτερικό του Pernambuco. Οι κόρες των πατέρων των αγροτών ήξεραν από νωρίς πώς να αντιμετωπίσουν τις σκληρές δυσκολίες της ζωής στην ύπαιθρο με ένα χαμόγελο στο πρόσωπό τους. Με αυτό, έφταναν στις προσωπικές τους κατακτήσεις. Ο πρώτος είναι ελεγκτής δημόσιων οικονομικών και ο άλλος, λιγότερο έξυπνος, είναι δημοτικός δάσκαλος βασικής εκπαίδευσης στο Πράσινη καμάρα.

Αν και είναι ευτυχισμένοι επαγγελματικά, οι δυο τους έχουν ένα σοβαρό χρόνιο πρόβλημα όσον αφορά τις σχέσεις επειδή ποτέ δεν βρήκαν τον πρίγκιπα τους γοητευτικό, που είναι το όνειρο κάθε γυναίκας. Η μεγαλύτερη, η Μπελίνχα, ήρθε να ζήσει με έναν άνδρα για λίγο. Ωστόσο, προδόθηκε αυτό που δημιούργησε στη μικρή καρδιά του ανεπανόρθωτα τραύματα. Αναγκάστηκε να χωρίσει τους δρόμους της και υποσχέθηκε στον εαυτό της να μην υποφέρει ποτέ ξανά εξαιτίας ενός άνδρα. Αμαλία, ατυχές πράγμα, δεν μπορεί καν να αρραβωνιαστεί. Ποιος θέλει να παντρευτεί την Αμαλία; Είναι ένα θρασύ καστανό άτομο, αδύνατο, μεσαίου ύψους, μελί μάτια, μέτριο πισινό, στήθος σαν καρπούζι, στήθος που ορίζεται πέρα από ένα σαγηνευτικό χαμόγελο. Κανείς δεν ξέρει ποιο είναι το πραγματικό της πρόβλημα ή και τα δύο.

Σε σχέση με τη διαπροσωπική τους σχέση, είναι κοντά στο να μοιραστούν μυστικά μεταξύ τους. Δεδομένου ότι η Μπελίνχα προδόθηκε από έναν απατεώνα, η Αμαλία πήρε τους πόνους της αδελφής της και ξεκίνησε να παίζει με άνδρες. Οι δυο τους έγιναν ένα δυναμικό δίδυμο γνωστό ως " διεστραμμένες αδελφές ". Παρ 'όλα αυτά, οι άνδρες αγαπούν να είναι τα παιχνίδια τους. Αυτό συμβαίνει επειδή δεν υπάρχει τίποτα καλύτερο από το να αγαπάς την Μπελίνχα και την Αμαλία έστω και για μια στιγμή. Πάμε να γνωρίσουμε μαζί τις ιστορίες τους;

Οι διεστραμμένες αδελφές

Οι Διεστραμμένες Αδελφές

Αφοσίωση και ευχαριστίες

Παρουσίαση

Ο μαύρος άνθρωπος

Η φωτιά

Ιατρικές συμβουλές

Ιδιαίτερο μάθημα

Δοκιμασία διαγωνισμού

Η επιστροφή του δασκάλου
Ο μανιακός κλόουν
Περιήγηση στην πόλη της Αλιεία

Ο μαύρος άνθρωπος

Η Αμαλία και η Μπελίνχα, καθώς και σπουδαίοι επαγγελματίες και εραστές, είναι όμορφες και πλούσιες γυναίκες ενσωματωμένες στα κοινωνικά δίκτυα. Εκτός από το ίδιο το σεξ, επιδιώκουν επίσης να κάνουν φίλους.

Κάποτε, ένας άνδρας μπήκε στην εικονική συνομιλία. Το ψευδώνυμό του ήταν " Μαύρος ". Εκείνη τη στιγμή, σύντομα έτρεμε επειδή αγαπούσε τους μαύρους άνδρες. Ο θρύλος λέει ότι έχουν μια αδιαμφισβήτητη γοητεία.

"Γεια σου όμορφε! «Κάλεσες τον ευλογημένο μαύρο άνδρα.

"Γεια σας, εντάξει; «Απάντησε η ενδιαφέρουσα Μπελίνχα.

"Όλα υπέροχα. Καλή νύχτα!

"Καληνύχτα. Αγαπώ τους μαύρους!

"Αυτό με άγγιξε βαθιά τώρα! Υπάρχει όμως κάποιος ειδικός λόγος για αυτό; Πώς σε λένε;

"Λοιπόν, ο λόγος είναι ότι η αδερφή μου και μου αρέσουν οι άντρες, αν ξέρετε τι εννοώ. Όσον αφορά το όνομα, παρόλο που πρόκειται για ένα πολύ ιδιωτικό περιβάλλον, δεν έχω τίποτα να κρύψω. Το όνομά μου είναι Μπελίνχα. Θα χαρούμε να σας γνωρίσουμε.

"Η ευχαρίστηση είναι όλη δική μου. Ονομάζομαι Φλάβιος, και είμαι πραγματικά ωραίος!

"Ένιωσα σταθερότητα στα λόγια του. Εννοείς ότι η διαίσθησή μου είναι σωστή;

"Δεν μπορώ να απαντήσω σε αυτό τώρα, γιατί αυτό θα τελείωνε όλο το μυστήριο. Πώς λέγεται η αδερφή σου;

"Το όνομά της είναι Αμαλία.

"Αμαλία! Όμορφο όνομα! Μπορείτε να περιγράψετε τον εαυτό σας σωματικά;

"Είμαι ξανθιά, ψηλή, δυνατή, μακριά μαλλιά, μεγάλο πισινό, μεσαίο στήθος και έχω γλυπτό σώμα. Και εσύ;

"Μαύρο χρώμα, ένα μέτρο και ογδόντα εκατοστά ύψος, ισχυρό, στίγματα, χέρια και πόδια παχιά, τακτοποιημένα, τραγουδημένα μαλλιά και καθορισμένα πρόσωπα.

"Ωχ! Ωχ! Με ενεργοποιείς!

"Μην ανησυχείτε γη 'αυτό. Ποιος με ξέρει, ποτέ Ξεχνά;

"Θέλεις να με τρελάνεις τώρα;

"Συγγνώμη γη 'αυτό, μωρό μου! Είναι απλώς για να προσθέσουμε λίγη γοητεία στη συνομιλία μας.

"Πόσο χρονών είσαι;

"Είκοσι πέντε χρόνια και το δικό σας;

"Είμαι τριάντα οκτώ χρονών και η αδελφή μου τριάντα τέσσερα. Παρά τη διαφορά ηλικίας, είμαστε εντυπωσιακά κοντά. Στην παιδική ηλικία, ενωθήκαμε για να ξεπεράσουμε τις δυσκολίες. Όταν ήμασταν έφηβοι, μοιραζόμασταν τα όνειρά μας. Και τώρα, στην ενήλικη ζωή, μοιραζόμαστε τα επιτεύγματα και τις απογοητεύσεις μας. Δεν μπορώ να ζήσω χωρίς αυτήν.

"Μεγάλο! Αυτό το συναίσθημα σου είναι απίστευτα όμορφο. Έχω την παρόρμηση να σας συναντήσω και τους δύο. Είναι τόσο άτακτη όσο εσύ;

"Μέσα Ένας αποτελεσματικός τρόπος, είναι η καλύτερη σε αυτό που κάνει. Πολύ έξυπνο, όμορφο και ευγενικό. Το πλεονέκτημά μου είναι ότι είμαι πιο έξυπνος.

"Αλλά δεν βλέπω πρόβλημα σε αυτό. Μου αρέσουν και τα δύο.

"Σας αρέσει πραγματικά; Ξέρετε, η Αμαλία είναι μια ξεχωριστή γυναίκα. Όχι επειδή Είναι η αδερφή μου, αλλά επειδή έχει μια γιγαντιαία καρδιά. Τη λυπάμαι λίγο γιατί δεν πήρε ποτέ γαμπρό. Ξέρω ότι το όνειρό της είναι να παντρευτεί. Ενώθηκε μαζί μου σε μια εξέγερση επειδή προδόθηκα από τον σύντροφό μου. Από τότε, αναζητούμε μόνο γρήγορες σχέσεις.

"Καταλαβαίνω απόλυτα. Είμαι επίσης διεστραμμένος. Ωστόσο, δεν έχω ιδιαίτερο λόγο. Θέλω απλώς να απολαύσω τα νιάτα μου. Φαίνεστε σαν σπουδαίοι άνθρωποι.

"Σε ευχαριστώ πολύ. Είστε πραγματικά από το Πράσινη καμάρα;

"Ναι, είμαι από το κέντρο της πόλης. Και εσύ;

"Από το Γειτονιά Άγια Χριστόφορος.

"Μεγάλο. Ζεις μόνος;

"Ναι. Κοντά στο σταθμό των λεωφορείων.

"Μπορείτε να πάρετε μια επίσκεψη από έναν άνθρωπο σήμερα;

"Θα το θέλαμε πολύ. Αλλά εσύ πρέπει να διαχειριστεί και τα δύο. Εντάξει?

"Μην ανησυχείς, αγάπη. Μπορώ Διαχειριστείτε έως και τρεις.

"Α, ναι! Πιστός!

"Θα είμαι ακριβώς εκεί. Μπορείτε να εξηγήσετε την τοποθεσία;

"Ναι. Θα είναι ευχαρίστησή μου.

"Ξέρω πού είναι. Έρχομαι εκεί!

Ο μαύρος έφυγε από το δωμάτιο και η Μπελίνχα επίσης. Το εκμεταλλεύτηκε και μετακόμισε στην κουζίνα όπου γνώρισε την αδελφή της. Η Αμαλία έπλενε τα βρώμικα πιάτα για δείπνο.

"Καληνύχτα σε σένα, Αμαλία. Δεν θα πιστέψετε. Μαντεύω ποιος έρχεται.

"Δεν έχω ιδέα, αδελφή. Ποιος;

"Ο Φλάβιος. Τον συνάντησα στο εικονικό δωμάτιο συνομιλίας. Θα είναι η ψυχαγωγία μας σήμερα.

"Πώς μοιάζει;

"Είναι ο Μαύρος Άνθρωπος. Σταματήσατε ποτέ και σκεφτήκατε ότι μπορεί να είναι ωραίο; Ο φτωχός άνθρωπος δεν ξέρει τι είμαστε ικανοί να κάνουμε!

"Αυτό πραγματικά είναι αδελφή! Ας τον αποτελειώσουμε.

"Θα πέσει, μαζί μου! «Είπε η Μπελίνχα.

"Όχι! Θα είναι με εγώ», απάντησε η Αμαλία.

"Ένα πράγμα είναι σίγουρο: Με έναν από εμάς θα το κάνει πτώση», κατέληξε ο Μπελίνχα.

"Είναι αλήθεια! Τι θα λέγατε να ετοιμάσουμε τα πάντα στην κρεβατοκάμαρα;

"Καλή ιδέα. Θα σας βοηθήσω!

Οι δύο ακόρεστες κούκλες πήγαν στο δωμάτιο αφήνοντας τα πάντα οργανωμένα για την άφιξη του αρσενικού. Μόλις τελειώσουν, ακούν το κουδούνι να χτυπάει.

"Είναι αυτός, αδελφή; «Ρώτησε η Αμαλία.

"Ας το ελέγξουμε μαζί! (Μπελίνχα)

"Έλα! Η Αμαλία συμφώνησε.

Βήμα-βήμα, οι δύο γυναίκες πέρασαν την πόρτα του υπνοδωματίου, πέρασαν την τραπεζαρία δωμάτιο, και στη συνέχεια έφτασε στο σαλόνι. Περπάτησαν προς την πόρτα. Όταν το ανοίγουν, συναντούν το γοητευτικό και ανδροπρεπές χαμόγελο του Φλάβιου.

"Καληνύχτα! Εντάξει; Είμαι ο Φλάβιος.

"Καληνύχτα. Είστε ευπρόσδεκτοι. Είμαι η Μπελίνχα που σου μιλούσε στον υπολογιστή και αυτό το γλυκό κορίτσι δίπλα μου είναι η αδερφή μου.

"Χάρηκα για τη γνωριμία Φλάβιος! "Αμαλία είπε.

"Χάρηκα για τη γνωριμία. Μπορώ να έρθω;

"Σίγουρος! «Οι δύο γυναίκες απάντησαν ταυτόχρονα.

Ο επιβήτορας είχε πρόσβαση στο δωμάτιο παρατηρώντας κάθε λεπτομέρεια της διακόσμησης. Τι συνέβαινε σε αυτό το μυαλό που έβραζε; Ήταν ιδιαίτερα συγκινημένος από κάθε ένα από αυτά τα θηλυκά δείγματα. Μετά Μια στιγμή, κοίταξε βαθιά στα μάτια τις δύο πόρνες λέγοντας:

"Είσαι έτοιμος για αυτό που ήρθα να κάνω;

"'Έτοιμος "Επιβεβαίωσε τους εραστές!

Το τρίο σταμάτησε σκληρά και περπάτησε πολύ μακριά μέχρι το μεγαλύτερο δωμάτιο του σπιτιού. Κλείνοντας την πόρτα, ήταν σίγουροι ότι ο παράδεισος θα πήγαινε στην κόλαση μέσα σε λίγα δευτερόλεπτα. Όλα ήταν τέλεια: Η διάταξη των πετσετών, των σεξουαλικών παιχνιδιών, της ταινίας πόρνο που παίζει στην τηλεόραση οροφής και η ρομαντική μουσική ζωντανή. Τίποτα δεν θα μπορούσε να αφαιρέσει την ευχαρίστηση μιας μεγάλης βραδιάς.

Το πρώτο βήμα είναι να καθίσετε δίπλα στο κρεβάτι. Ο μαύρος άνδρας άρχισε να βγάζει τα ρούχα των δύο γυναικών. Ο πόθος και η δίψα τους για σεξ ήταν τόσο μεγάλη που προκάλεσαν λίγο άγχος σε αυτές τις γλυκές κυρίες. Έβγαζε το πουκάμισό του που έδειχνε τον θώρακα και την κοιλιά καλά γυμνασμένα από την καθημερινή προπόνηση στο γυμναστήριο. Οι μέσες τρίχες σας σε όλη αυτή την περιοχή έχουν τραβήξει αναστεναγμούς από τα κορίτσια. Στη συνέχεια, έβγαλε το παντελόνι του επιτρέποντας τη θέα του εσώρουχου του δείχνοντας έτσι τον όγκο και την αρρενωπότητά του. Αυτή τη στιγμή, τους επέτρεψε να αγγίξουν το όργανο, καθιστώντας το πιο όρθιο. Χωρίς μυστικά, πέταξε τα εσώρουχά του δείχνοντας όλα όσα του έδωσε ο Θεός.

Είχε μήκος είκοσι δύο εκατοστά, διάμετρο δεκατέσσερα εκατοστά αρκετά για να τους τρελάνει. Χωρίς να χάσουν χρόνο, έπεσαν πάνω του. Ξεκίνησαν με τα προκαταρκτικά. Ενώ η μία κατάπιε τον κόκορα της στο στόμα της, η άλλη έγλειψε τις σακούλες του όσχεου. Σε αυτή την επιχείρηση, ήταν τρία λεπτά. Αρκετό καιρό για να είναι εντελώς έτοιμο για σεξ.

Στη συνέχεια άρχισε να διεισδύει στο ένα και στη συνέχεια στο άλλο χωρίς προτίμηση. Ο συχνός ρυθμός του λεωφορείου προκάλεσε βογγητά, κραυγές και πολλαπλούς οργασμούς μετά την πράξη. Ήταν τριάντα λεπτά κολπικού σεξ. Κάθε μισή φορά. Στη συνέχεια ολοκλήρωσαν με στοματικό και πρωκτικό σεξ.

Η φωτιά

Ήταν μια κρύα, σκοτεινή και βροχερή νύχτα στην πρωτεύουσα όλων των δασών του Pernambuco. Υπήρχαν στιγμές που οι μετωπικοί άνεμοι έφταναν τα εκατό χιλιόμετρα την ώρα, φοβίζοντας τις φτωχές αδελφές Αμαλία και Μπελίνχα. Οι δύο διεστραμμένες αδελφές συναντήθηκαν στο σαλόνι της απλής κατοικίας τους στη γειτονιά Άγια Χριστόφορος. Χωρίς να έχουν τίποτα να κάνουν, μιλούσαν χαρούμενα για γενικά πράγματα.

"Αμαλία, πώς ήταν η μέρα σου στο γραφείο του αγροκτήματος;

"Το ίδιο παλιό: οργάνωσα τον φορολογικό σχεδιασμό της φορολογικής και τελωνειακής διοίκησης, διαχειρίστηκα την πληρωμή των φόρων, εργάστηκα στην πρόληψη και την καταπολέμηση της φοροδιαφυγής. Είναι απαιτητική δουλειά και βαρετή. Αλλά ανταμείβοντας και καλά αμειβόμενο. Και εσύ; Πώς ήταν η ρουτίνα σας στο σχολείο; «Ρώτησε η Αμαλία.

"Στην τάξη, πέρασα το περιεχόμενο καθοδηγώντας τους μαθητές με τον καλύτερο δυνατό τρόπο. Διόρθωσα τα λάθη και πήρα δύο κινητά τηλέφωνα μαθητών που ενοχλούσαν την τάξη. Έδωσα επίσης μαθήματα συμπεριφοράς, στάσης, δυναμική και χρήσιμες συμβουλές. Τέλος πάντων, εκτός από δασκάλα, είμαι και η μητέρα τους. Απόδειξη αυτού είναι ότι, στο διάλειμμα, διείσδυσα στην τάξη των μαθητών και, μαζί τους, παίξαμε. Κατά την άποψή μου, το σχολείο είναι το δεύτερο σπίτι μας και πρέπει να φροντίσουμε τις φιλίες και τις ανθρώπινες σχέσεις που έχουμε από αυτό», απάντησε η Μπελίνχα.

"Λαμπρή, μικρή μου αδερφή. Τα έργα μας είναι υπέροχα γιατί παρέχουν σημαντικές συναισθηματικές και αλληλεπιδραστικές κατασκευές μεταξύ των ανθρώπων. Κανένας άνθρωπος δεν μπορεί να ζήσει απομονωμένος, πόσο μάλλον χωρίς ψυχολογικούς και οικονομικούς πόρους" ανέλυσε ο Αμαλία.

"Συμφωνώ. Η εργασία είναι απαραίτητη για εμάς, καθώς μας καθιστά ανεξάρτητους από την επικρατούσα σεξιστική αυτοκρατορία στην κοινωνία », δήλωσε ο Μπελίνχα.

"Ακριβώς. Θα συνεχίσουμε στις αξίες και τη στάση μας. Ο άνθρωπος είναι καλός μόνο στο κρεβάτι" Η Αμαλία παρατήρησε.

"Μιλώντας για άνδρες, ποια ήταν η γνώμη σας για τον Χριστιανό; «ρώτησε ο Μπελίνχα.

"Ανταποκρίθηκε στις προσδοκίες μου. Μετά από μια τέτοια εμπειρία, το ένστικτό μου και το μυαλό μου ζητούν πάντα περισσότερη εσωτερική δυσαρέσκεια. Ποια είναι η γνώμη σας; «Ρώτησε η Αμαλία.

"'Ηταν καλό, αλλά αισθάνομαι επίσης σαν εσάς: ελλιπές. Είμαι στεγνός από αγάπη και σεξ. Θέλω όλο και περισσότερο. Τι έχουμε για σήμερα; «Είπε η Μπελίνχα.

"'Εχω ξεμείνει από ιδέες. Η νύχτα είναι κρύα, σκοτεινό και σκοτεινό. Ακούτε τον θόρυβο έξω; Υπάρχει πολλή βροχή, έντονοι άνεμοι, αστραπές και βροντές. Φοβάμαι! «Είπε η Αμαλία.

"Κι εγώ! «Η Μπελίνχα ομολόγησε.

Αυτή τη στιγμή, ένας βροντερός κεραυνός ακούγεται σε όλο το Πράσινη καμάρα. Η Αμαλία πηδά στην αγκαλιά της Μπελίνχα που ουρλιάζει από πόνο και απελπισία. Ταυτόχρονα, η ηλεκτρική ενέργεια λείπει, καθιστώντας και τους δύο απελπισμένους.

"Και τώρα; Τι θα κάνουμε Μπελίνχα; «Ρώτησε η Αμαλία.

"Φύγε από μένα, σκύλα! Θα πάρω τα κεριά! «Είπε η Μπελίνχα.Η Μπελίνχα έσπρωξε απαλά την αδελφή της στο πλάι του καναπέ καθώς θώπευε τους τοίχους για να φτάσει στην κουζίνα. Όπως είναι το σπίτι μικρό, δεν χρειάζεται πολύς χρόνος για να ολοκληρωθεί αυτή η λειτουργία. Χρησιμοποιώντας διακριτικότητα, παίρνει τα κεριά στο ντουλάπι και τα ανάβει με τα σπίρτα στρατηγικά τοποθετημένα πάνω από τη σόμπα.

Με το άναμμα του κεριού, επιστρέφει ήρεμα στο δωμάτιο όπου συναντά την αδελφή του με ένα μυστηριώδες χαμόγελο ορθάνοιχτο στο πρόσωπό του. Τι έκανε;

"Μπορείς να εξαερωθείς, αδερφή! Ξέρω ότι σκέφτεσαι κάτι», είπε ο Μπελίνχα.

"Τι θα γινόταν αν καλούσαμε την πυροσβεστική υπηρεσία της πόλης προειδοποιώντας για πυρκαγιά; Είπε ο Αμαλία.

"Επιτρέψτε μου να το ξεκαθαρίσω. Θέλετε να εφεύρετε μια φανταστική φωτιά για να δελεάσετε αυτούς τους άνδρες; Τι γίνεται αν συλληφθούμε; «Η Μπελίνχα φοβόταν.

"Συνάδελφε! Είμαι σίγουρος ότι θα λατρέψουν την έκπληξη. Τι καλύτερο έχουν να κάνουν σε μια σκοτεινή και βαρετή νύχτα όπως αυτή; «Είπε η Αμαλία.

"'Εχεις δίκιο. Θα σας ευχαριστήσουν για τη διασκέδαση. Θα σπάσουμε τη φωτιά που μας καταναλώνει από μέσα. Τώρα, τίθεται το ερώτημα: Ποιος θα έχει το θάρρος να τους καλέσει; «Ρώτησε η Μπελίνχα.

"Είμαι πολύ ντροπαλός. Αφήνω αυτό το καθήκον σε σένα, αδελφή μου», είπε ο Αμαλία.

"Πάντα εγώ. Εντάξει. Ό,τι κι αν συμβεί Αμαλία». Ο Μπελίνχα κατέληξε.

Σηκώνεται από τον καναπέ, η Μπελίνχα πηγαίνει στο τραπέζι στη γωνία όπου είναι εγκατεστημένο το κινητό. Καλεί τον αριθμό έκτακτης ανάγκης της πυροσβεστικής υπηρεσίας και περιμένει να απαντηθεί. Μετά από μερικά αγγίγματα, ακούει μια βαθιά, σταθερή φωνή να μιλάει από την άλλη πλευρά.

"Καληνύχτα. Αυτή είναι η πυροσβεστική υπηρεσία. Τι θέλεις?

"Το όνομά μου είναι Μπελίνχα. Ζω στο Άγια Χριστόφορος γειτονιά εδώ στο Πράσινη καμάρα. Η αδελφή μου και εγώ είμαστε απελπισμένοι με όλη αυτή τη βροχή. Όταν το ηλεκτρικό ρεύμα βγήκε εδώ στο σπίτι μας, προκάλεσε βραχυκύκλωμα, αρχίζοντας να βάζει φωτιά στα αντικείμενα. Ευτυχώς, η αδελφή μου και εγώ βγήκαμε έξω. Η φωτιά σιγά-σιγά καταναλώνει το σπίτι. Χρειαζόμαστε τη βοήθεια των πυροσβεστών», είπε στενοχωρημένο το κορίτσι.

"Πάρτε το χαλαρά, φίλε μου. Θα είμαστε εκεί σύντομα. Μπορείτε να δώσετε λεπτομερείς πληροφορίες σχετικά με την τοποθεσία σας; «Ρώτησε ο πυροσβέστης που ήταν σε υπηρεσία.

"Το σπίτι μου είναι ακριβώς στην κεντρική λεωφόρο, τρίτο σπίτι στα δεξιά. Είναι εντάξει με εσύ;

"Ξέρω πού είναι. Θα είμαστε εκεί σε λίγα λεπτά. Να είστε ήρεμοι."είπε ο πυροσβέστης.

"Περιμένουμε. Ευχαριστώ! «Ευχαριστώ Μπελίνχα.

Επιστρέφοντας στον καναπέ με ένα πλατύ χαμόγελο, οι δυο τους άφησαν τα μαξιλάρια τους και σπινάρισαν με τη διασκέδαση που έκαναν. Ωστόσο, αυτό δεν συνιστάται να γίνει εκτός εάν ήταν δύο πόρνες σαν κι αυτές.

Περίπου δέκα λεπτά αργότερα, άκουσαν ένα χτύπημα στην πόρτα και πήγαν να απαντήσουν. Όταν άνοιξαν την πόρτα, αντίκρισαν τρία μαγικά πρόσωπα, το καθένα με τη χαρακτηριστική ομορφιά του. Ο ένας ήταν μαύρος, έξι πόδια ψηλός, πόδια και χέρια μεσαία. Ένας άλλος ήταν σκοτεινός, ένα μέτρο και ενενήντα ψηλός, μυϊκή και γλυπτική. Ένα τρίτο ήταν λευκό, κοντό, λεπτό, αλλά πολύ τρυφερό. Το λευκό αγόρι θέλει να συστηθεί:

"Γεια σας, κυρίες, καληνύχτα! Το όνομά μου είναι Roberto. Αυτός ο άνθρωπος της διπλανής πόρτας ονομάζεται Ματθαίος και ο καφέ άνθρωπος, ο Φίλιππος. Ποια είναι τα ονόματά σας και πού είναι η φωτιά;

"Είμαι η Μπελίνχα, σου μίλησα στο τηλέφωνο. Αυτό κασετανά μαλλιά εδώ είναι η αδελφή μου Αμαλία. Ελάτε μέσα και θα σας το εξηγήσω.

"Εντάξει. Πήραν τους τρεις πυροσβέστες ταυτόχρονα.

Το κουιντέτο μπήκε στο σπίτι, και όλα φαίνονταν φυσιολογικά επειδή το ηλεκτρικό ρεύμα είχε επιστρέψει. Εγκαθίστανται στον καναπέ στο σαλόνι μαζί με τα κορίτσια. Καχύποπτοι, κάνουν συζήτηση.

"Η φωτιά τελείωσε, έτσι δεν είναι; «ρώτησε ο Μάθιου.

"Ναι. Το ελέγχουμε ήδη χάρη μια ηρωική προσπάθεια», εξήγησε η Αμαλία.

"'Έλεος! Ήθελα να δουλέψω. Εκεί στους στρατώνες η ρουτίνα είναι τόσο μονότονη», είπε ο Φελίπε.

"'Έχω μια ιδέα. Τι θα λέγατε να εργάζεστε με πιο ευχάριστο τρόπο; «Ο Μπελίνχα πρότεινε.

"Εννοείς ότι είσαι αυτό που σκέφτομαι? «Ρώτησε τον Φελίπε.

"Ναι. Είμαστε ανύπαντρες γυναίκες που αγαπούν την ευχαρίστηση. Έχετε διάθεση για διασκέδαση; «Ρώτησε η Μπελίνχα.

"Μόνο αν πας τώρα" απάντησε ο μαύρος.

"Είμαι κι εγώ μέσα», επιβεβαίωσε ο Καφέ άντρας.

"Περίμενε με" Το λευκό αγόρι είναι διαθέσιμο.

"'Έτσι Ας το κάνουμε», είπαν τα κορίτσια.

Το κουιντέτο μπήκε στο δωμάτιο μοιραζόμενο ένα διπλό κρεβάτι. Στη συνέχεια άρχισε το σεξουαλικό όργιο. Η Μπελίνχα και η Αμαλία εναλλάσσονταν για να παρακολουθήσουν την ευχαρίστηση των τριών πυροσβεστών. Όλα φαίνονταν μαγικά και δεν υπήρχε καλύτερο συναίσθημα από το να είσαι μαζί τους. Με ποικίλα δώρα, βίωσαν σεξουαλικές παραλλαγές και παραλλαγές θέσης δημιουργώντας μια τέλεια εικόνα.

Τα κορίτσια φαίνονταν ακόρεστα στο σεξουαλικό τους πάθος που οδήγησε αυτούς τους επαγγελματίες τρελούς. Πέρασαν τη νύχτα κάνοντας σεξ και η ευχαρίστηση φαινόταν να μην τελειώνει ποτέ. Αυτοί δεν έφυγαν μέχρι να λάβουν επείγουσα κλήση από την εργασία. Παραιτήθηκαν και πήγαν να απαντήσουν στην έκθεση της αστυνομίας. Ακόμα κι έτσι, δεν θα ξεχάσουν ποτέ εκείνη την υπέροχη εμπειρία μαζί με τις «Διεστραμμένες Αδελφές».

Ιατρικές συμβουλές

Ξημέρωσε στην όμορφη πρωτεύουσα της επαρχίας. Συνήθως, οι δύο διεστραμμένες αδελφές ξυπνούσαν νωρίς. Ωστόσο, όταν σηκώθηκαν, δεν αισθάνθηκαν καλά. Ενώ η Αμαλία συνέχιζε να φτερνίζεται, η αδελφή της Μπελίνχα ένιωσε λίγο ασφυξία. Αυτά τα γεγονότα ήρθαν από την προηγούμενη νύχτα στην πλατεία πολέμου της Βιρτζίνια όπου έπιναν, φιλήθηκαν στο στόμα και σπινάρισαν αρμονικά τη γαλήνια νύχτα.

Καθώς δεν αισθάνονταν καλά και χωρίς δύναμη για τίποτα, κάθισαν στον καναπέ με θρησκευτική ευλάβεια σκεπτόμενοι τι να κάνουν επειδή οι επαγγελματικές υποχρεώσεις περίμεναν να επιλυθούν.

"Τι κάνουμε, αδελφή; Είμαι εντελώς λαχανιασμένος και εξαντλημένος», είπε ο Μπελίνχα.

"Πες μου γη 'αυτό! Έχω πονοκέφαλο και αρχίζω να κολλάω έναν ιό. Είμαστε χαμένοι! «Είπε η Αμαλία.

"Αλλά εγώ Μην νομίζετε ότι αυτός είναι ένας λόγος για να χάσετε τη δουλειά! Οι άνθρωποι εξαρτώνται από εμάς! "Είπε η Μπελίνχα

"Ηρεμήσω Ας μην πανικοβληθούμε! Τι θα λέγατε να συμμετάσχουμε στο ωραίο; «Πρότεινε η Αμαλία.

"Μη μου πεις ότι σκέφτεσαι αυτό που σκέφτομαι... «Η Μπελίνχα έμεινε έκπληκτη.

"Σωστά. Ας πάμε μαζί στο γιατρό! Θα είναι ένας πολύ καλός

λόγος για να χάσετε τη δουλειά και ποιος ξέρει δεν συμβαίνει αυτό που θέλουμε! "Είπε η Αμαλία

"Μεγάλη ιδέα! Λοιπόν, τι περιμένουμε; Ας ετοιμαστούμε! «Ρώτησε η Μπελίνχα.

"'Ελα! «Η Αμαλία συμφώνησε.

Οι δυο τους πήγαν στις αντίστοιχες περιφράξεις τους. Ήταν τόσο ενθουσιασμένοι με την απόφαση. αυτοί δεν φαινόταν καν άρρωστος. Ήταν όλα μόνο δική τους εφεύρεση; Συγχωρέσατε με, αναγνώστη, ας μην σκεφτόμαστε άσχημα τους αγαπημένους μας φίλους. αντ. 'αυτού, θα τους συνοδεύσουμε σε αυτό το συναρπαστικό νέο κεφάλαιο της ζωής τους.

Στην κρεβατοκάμαρα, λούζονταν στις σουίτες τους, έβαζαν νέα ρούχα και παπούτσια, χτένισαν τα μακριά μαλλιά τους, έβαλαν ένα γαλλικό άρωμα, και στη συνέχεια πήγε στην κουζίνα. Εκεί, έσπασαν αυγά και τυρί γεμίζοντας δύο καρβέλια ψωμί και έφαγαν με παγωμένο χυμό. Όλα ήταν απίστευτα νόστιμα. Ακόμα κι έτσι, δεν φάνηκε να το αισθάνονται επειδή το άγχος και η νευρικότητα μπροστά στο ραντεβού του γιατρού ήταν γιγαντιαία.

Με όλα έτοιμα, έφυγαν από την κουζίνα για να βγουν από το σπίτι. Με κάθε βήμα που έκαναν, οι μικρές καρδιές τους πάλλονταν από συναίσθημα σκεπτόμενοι μια εντελώς νέα εμπειρία. Ευλογημένοι να είναι όλοι! Η αισιοδοξία τους κυρίευσε και ήταν κάτι που έπρεπε να ακολουθήσουν και άλλοι!

Στο εξωτερικό του σπιτιού, πηγαίνουν στο γκαράζ. Ανοίγοντας την πόρτα σε δύο προσπάθειες, στέκονται μπροστά από το μέτριο κόκκινο αυτοκίνητο. Παρά το καλό γούστο τους στα αυτοκίνητα, προτιμούσαν τα δημοφιλή από τα κλασικά από φόβο για την κοινή βία που υπάρχει στο όλες τις περιοχές της Βραζιλίας.

Χωρίς καθυστέρηση, τα κορίτσια μπαίνουν στο αυτοκίνητο δίνοντας απαλά την έξοδο και στη συνέχεια μία από αυτές κλείνει το γκαράζ επιστρέφοντας στο αυτοκίνητο αμέσως μετά. Ποιος οδηγεί είναι η Αμαλία με εμπειρία ήδη δέκα χρόνια; Η Μπελίνχα δεν επιτρέπεται ακόμη να οδηγεί.

Ο Αισθητά σύντομη διαδρομή μεταξύ του σπιτιού τους και του νοσοκομείου γίνεται με ασφάλεια, αρμονία και ηρεμία. Εκείνη τη στιγμή, είχαν την ψευδή αίσθηση ότι μπορούσαν να κάνουν τα πάντα. Αντίθετα, φοβόντουσαν την πονηριά και την ελευθερία του. Οι ίδιοι εξεπλάγησαν από τις ενέργειες που έγιναν. Δεν ήταν για τίποτα λιγότερο ότι ονομάζονταν πρόστυχοι καλοί μπάσταρδοι!

Φτάνοντας στο νοσοκομείο, προγραμμάτισαν το ραντεβού και περίμεναν να κληθούν. Σε αυτό το χρονικό διάστημα, εκμεταλλεύτηκαν την παρασκευή ενός σνακ και αντάλλαξαν μηνύματα μέσω της εφαρμογής για κινητά με τους αγαπημένους σεξουαλικούς υπηρέτες τους. Πιο κυνικό και χαρούμενο από αυτά, ήταν αδύνατο να είναι!

Μετά από λίγο, Είναι η σειρά τους να φανούν. Αχώριστοι, μπαίνουν στο γραφείο φροντίδας. Όταν συμβεί αυτό, ο γιατρός σχεδόν έχει καρδιακή προσβολή. Μπροστά τους ήταν ένα σπάνιο κομμάτι ενός άνδρα: Ένας ψηλός ξανθός άνθρωπος, ύψους ενός μέτρου και ενενήντα εκατοστών, γενειοφόρος, μαλλιά που σχηματίζουν αλογοουρά, μυώδη χέρια και στήθη, φυσικά πρόσωπα με αγγελική εμφάνιση. Ακόμη και πριν προλάβουν να συντάξουν μια αντίδραση, καλεί:

"Καθίστε και οι δυο σας!

"Ευχαριστώ! «Είπαν και τα δύο.

Οι δυο τους έχουν χρόνο να κάνουν μια γρήγορη ανάλυση

του περιβάλλοντος: Μπροστά από το τραπέζι εξυπηρέτησης, ο γιατρός, η καρέκλα στην οποία καθόταν και πίσω από μια ντουλάπα. Στη δεξιά πλευρά, ένα κρεβάτι. Στον τοίχο, εξπρεσιονιστικοί πίνακες του συγγραφέα που απεικονίζουν τον άνθρωπο από την ύπαιθρο. Η ατμόσφαιρα είναι πολύ ζεστή αφήνοντας τα κορίτσια άνετα. Η ατμόσφαιρα χαλάρωσης διακόπτεται από την τυπική πτυχή της διαβούλευσης.

"Πες μου τι νιώθεις, κορίτσια!

Αυτό ακουγόταν ανεπίσημο στα κορίτσια. Πόσο γλυκός ήταν αυτός ο ξανθός άντρας! Πρέπει να ήταν νόστιμο για φαγητό.

"Πονοκέφαλος, αδιαθεσία και ιός! «Είπε ο Αμαλία.

"Είμαι λαχανιασμένος και κουρασμένος! «Ισχυρίστηκε η Μπελίνχα.

"Είναι εντάξει! Επιτρέψτε μου να κοιτάξω! Ξαπλώστε στο κρεβάτι! «ρώτησε ο γιατρός.

Ο Οι πόρνες μόλις που ανέπνεαν σε αυτό το αίτημα. Ο επαγγελματίας τους ανάγκασε να βγάλουν μέρος των ρούχων τους και τα ένιωσε σε διάφορα σημεία που τους προκαλούσαν ρίγη και κρύο ιδρώτα. Συνειδητοποιώντας ότι δεν υπήρχε τίποτα σοβαρό μαζί τους, ο υπάλληλος αστειεύτηκε:

"Όλα φαίνονται τέλεια! Τι θέλετε να φοβούνται; Μια ένεση στον;

"Το λατρεύω! Εάν πρόκειται για μεγάλη και παχιά ένεση ακόμα καλύτερα! «Είπε η Μπελίνχα.

"Θα εφαρμόσεις αργά, αγάπη; «Είπε η Αμαλία.

"Εσείς ζητούν ήδη πάρα πολλά! «Σημείωσε ο κλινικός ιατρός.

Κλείνοντας προσεκτικά την πόρτα, πέφτει πάνω στα κορίτσια σαν άγριο ζώο. Πρώτα, βγάζει τα υπόλοιπα ρούχα από τα σώματα. Αυτό οξύνει ακόμη περισσότερο τη λίμπιντο του. Όντας εντελώς γυμνός, θαυμάζει για μια στιγμή αυτά τα γλυπτά πλάσματα. Τότε Είναι η σειρά του να επιδειχθεί. Φροντίζει να βγάλουν τα ρούχα τους. Αυτό αυξάνει την αλληλεπίδραση και την οικειότητα μεταξύ της ομάδας.

Με όλα έτοιμα, ξεκινούν τα προκαταρκτικά του σεξ. Χρησιμοποιώντας τη γλώσσα σε ευαίσθητα μέρη όπως ο πρωκτός, ο και το αυτί η ξανθιά προκαλεί μίνι οργασμούς ευχαρίστησης και στις δύο γυναίκες. Όλα πήγαιναν καλά ακόμα και όταν κάποιος χτυπούσε συνεχώς την πόρτα. Δεν υπάρχει διέξοδος, πρέπει να απαντήσει. Περπατάει λίγο και ανοίγει την πόρτα. Με αυτόν τον τρόπο, συναντά τη νοσοκόμα εφημερίας: ένα λεπτό δ φυλετικό άτομο, με λεπτά πόδια και εξαιρετικά χαμηλά.

"Γιατρός, έχω μια ερώτηση σχετικά με το φάρμακο ενός ασθενούς: είναι πεντακόσια ή τριακόσια χιλιοστόγραμμα ασπιρίνη; «Ρώτησα τον Ρόμπερτ δείχνοντας μια συνταγή.

"Πεντακόσια! «Επιβεβαίωσε ο αυτός.

Εκείνη τη στιγμή, η νοσοκόμα είδε τα πόδια των γυμνών κοριτσιών που προσπαθούσαν να κρυφτούν. Γέλασε μέσα.

"Αστειεύομαι λίγο, ε, γιατρός; Μην καλέσετε καν τους φίλους σας!

"Με συγχωρείται! Θέλετε να συμμετάσχετε στη συμμορία;

"Θα ήθελα πολύ!

"Τότε έλα!

Οι δυο τους μπήκαν στο δωμάτιο κλείνοντας την πόρτα πίσω τους. Περισσότερο από γρήγορα, το δ φυλετικό άτομο έβγαλε τα ρούχα του. Γυμνός, έδειξε το μακρύ, παχύ, φλεβώδες κατάρτι του ως τρόπαιο. Η Μπελίνχα ενθουσιάστηκε και σύντομα του έκανε στοματικό σεξ. Ο Αλεξ απαίτησε επίσης από την Αμαλία να κάνει το ίδιο μαζί του. Μετά από το στόμα, άρχισαν πρωκτικό.

Σε αυτό το μέρος, η Μπελίνχα το βρήκε εξαιρετικά δύσκολο να κρατήσει τον κόκορα τέρας της νοσοκόμας. Αλλά μόλις μπήκε στην τρύπα, η ευχαρίστησή τους ήταν τεράστια. Από την άλλη, δεν αισθάνθηκαν καμία δυσκολία επειδή το πέος τους ήταν φυσιολογικό.

Στη συνέχεια έκαναν κολπικό σεξ σε διάφορες στάσεις. Η κίνηση εμπρός και πίσω στην κοιλότητα προκάλεσε ψευδαισθήσεις σε αυτά. Μετά από αυτό το στάδιο, οι τέσσερις ενώθηκαν σε ομαδικό σεξ. Ήταν η καλύτερη εμπειρία στην οποία δαπανήθηκαν οι υπόλοιπες ενέργειες. Δεκαπέντε λεπτά αργότερα, και οι δύο ήταν Εξαντλημένα. Για τις αδελφές, το σεξ δεν θα τελείωνε ποτέ, αλλά καλό καθώς ήταν σεβαστή η αδυναμία αυτών των ανδρών. Μη θέλοντας να ενοχλήσουν την εργασία τους, παραιτήθηκαν παίρνοντας το πιστοποιητικό αιτιολόγησης της εργασίας και το προσωπικό τους τηλέφωνο. Έφυγαν εντελώς συγκροτημένοι χωρίς να τραβήξουν την προσοχή κανενός κατά τη διάρκεια της διέλευσης του νοσοκομείου.

Φτάνοντας στο πάρκινγκ, μπήκαν στο αυτοκίνητο και ξεκίνησαν το δρόμο της επιστροφής. Ευτυχισμένοι όπως είναι, σκέφτονταν ήδη την επόμενη σεξουαλική τους αταξία. Οι διεστραμμένες αδελφές ήταν πραγματικά κάτι!

Ιδιαίτερο μάθημα

Ήταν ένα απόγευμα όπως όλα τα άλλα. Νεοφερμένες από τη δουλειά, οι διεστραμμένες αδελφές ήταν απασχολημένες με τις δουλειές του σπιτιού. Αφού τελείωσαν όλες τις εργασίες, συγκεντρώθηκαν στο δωμάτιο για να ξεκουραστούν λίγο. Ενώ η

Αμαλία διάβαζε ένα βιβλίο, η Μπελίνχα χρησιμοποίησε το κινητό διαδίκτυο για να περιηγηθεί στις αγαπημένες της ιστοσελίδες.

Σε κάποιο σημείο, το δεύτερο ουρλιάζει δυνατά στο δωμάτιο, που φοβίζει την αδελφή της.

«Τι είναι, κορίτσι μου; Είσαι τρελό; «Ρώτησε η Αμαλία.

"Μόλις είχα πρόσβαση στην ιστοσελίδα των διαγωνισμών έχοντας μια ευχάριστη έκπληξη ", ενημέρωσε ο Μπελίνχα.

«Πες μου περισσότερα!

«Οι εγγραφές του ομοσπονδιακού περιφερειακού δικαστηρίου είναι ανοιχτές. Ας το κάνουμε;

«Καλή κλήση, αδερφή μου! Ποιος είναι ο μισθός;

"Περισσότερα από δέκα χιλιάδες αρχικά δολάρια.

«Πολύ καλό! Η δουλειά μου είναι καλύτερη. Ωστόσο, θα κάνω το διαγωνισμό επειδή προετοιμάζομαι για να αναζητήσω άλλα γεγονότα. Θα χρησιμεύσει ως πείραμα.

«Τα πας πολύ καλά! Με ενθαρρύνετε. Τώρα, δεν ξέρω από πού να αρχίσω. Μπορείτε να μου δώσετε συμβουλές;

"Αγοράστε ένα εικονικό μάθημα, κάντε πολλές ερωτήσεις στους ισότοπους δοκιμών, κάντε και επαναλάβετε προηγούμενες δοκιμές, γράψτε περιλήψεις, παρακολουθήστε συμβουλές και κατεβάστε καλό υλικό στο διαδίκτυο μεταξύ άλλων.

«Σας ευχαριστώ! Θα πάρω όλες αυτές τις συμβουλές! Αλλά χρειάζομαι κάτι περισσότερο. Κοίτα, αδελφή, αφού έχουμε χρήματα, τι θα λέγατε να πληρώσουμε για ένα ιδιαίτερο μάθημα;

«Δεν το είχα σκεφτεί αυτό. Αυτή είναι μια καινοτόμος ιδέα! Έχετε κάποιες προτάσεις για ένα αρμόδιο άτομο;

"'Έχω έναν πολύ ικανό δάσκαλο εδώ από το Πράσινη καμάρα στις τηλεφωνικές μου επαφές. Κοιτάξτε τη φωτογραφία του!

Η Μπελίνχα έδωσε στην αδελφή της το κινητό της.

Βλέποντας τη φωτογραφία του αγοριού, ήταν εκστατική. Εκτός από όμορφος, ήταν έξυπνος! Θα ήταν ένα τέλειο θύμα του ζευγαριού που ενώνει το χρήσιμο στο ευχάριστο.

«Τι περιμένουμε; Πάρε τον, αδερφή! Πρέπει να μελετήσουμε σύντομα. "Αμαλία είπε.

"Το κατάλαβες! " Η Μπελίνχα δέχτηκε.

Σηκώθηκε από τον καναπέ, άρχισε να καλεί τους αριθμούς του τηλεφώνου στο αριθμητικό πληκτρολόγιο. Μόλις πραγματοποιηθεί η κλήση, θα χρειαστούν μόνο λίγα λεπτά για να απαντηθεί.

«Γεια σας. Όλοι σας, σωστά;

«Είναι όλα υπέροχα, Ρενάτο.

«Στείλτε τις παραγγελίες.

«Σερφάρω στο Διαδίκτυο όταν ανακάλυψα ότι οι αιτήσεις για τον διαγωνισμό του ομοσπονδιακού περιφερειακού δικαστηρίου είναι ανοικτές. Ονόμασα αμέσως το μυαλό μου ως αξιοσέβαστο δάσκαλο. Θυμάστε τη σχολική σεζόν;

«Θυμάμαι καλά εκείνη την εποχή. Καλές στιγμές όσοι δεν επιστρέφουν!

«Σωστά! Έχετε χρόνο να μας κάνετε ένα ιδιαίτερο μάθημα;

«Τι συζήτηση, νεαρή κοπέλα! Για σένα έχω πάντα χρόνο! Ποια ημερομηνία ορίζουμε;

«Μπορούμε να το κάνουμε αύριο στις 2:00; Πρέπει να ξεκινήσουμε!

«Φυσικά, το κάνω! Με τη βοήθειά μου, λέω ταπεινά ότι οι πιθανότητες να περάσω αυξάνονται απίστευτα.

«Είμαι σίγουρος γι' αυτό!

«Τι καλό! Μπορείτε να με περιμένετε στις 2:00.

«Σας ευχαριστώ πολύ! Τα λέμε αύριο!

«Τα λέμε αργότερα!

Ο Μπελίνχα έκλεισε το τηλέφωνο και σχεδίασε ένα χαμόγελο για τον σύντροφό του. Ύποπτος την απάντηση, η Αμαλία ρώτησε:

«Πώς πήγε;

«Δέχτηκε. Αύριο στις 2:00 θα είναι εδώ.

«Τι καλό! Τα νεύρα με σκοτώνουν!

«Ηρέμησε, αδερφή! Θα είναι εντάξει.

«Αμήν!

«Να ετοιμάσουμε δείπνο; Είμαι ήδη πεινασμένος!

«Καλά θυμάμαι.!

Το ζευγάρι πήγε από το σαλόνι στην κουζίνα όπου σε ένα ευχάριστο περιβάλλον μίλησαν, έπαιξαν, μαγείρεψαν μεταξύ άλλων δραστηριοτήτων. Ήταν υποδειγματικές φιγούρες αδελφών που τις ένωνε ο πόνος και η μοναξιά. Το γεγονός ότι ήταν Οι μπάσταρδοι στο σεξ τους χαρακτήριζαν ακόμη περισσότερο. Όπως όλοι γνωρίζετε, η γυναίκα της Βραζιλίας έχει ζεστό αίμα.

Λίγο αργότερα, συναδελφώθηκαν γύρω από το τραπέζι, σκεπτόμενοι τη ζωή και τις αντιξοότητες της.

"Τρώγοντας αυτό το νόστιμο Κρέμα κοτόπουλου, θυμάμαι τον μαύρο άνδρα και τους πυροσβέστες! Στιγμές που δεν φαίνεται να περνούν ποτέ! «Η Μπελίνχα είπε!

«Πες μου γι' αυτό! Αυτοί οι τύποι είναι νόστιμοι! Για να μην αναφέρουμε τη νοσοκόμα και τον γιατρό! Μου άρεσε πάρα πολύ! «Θυμήθηκε την Αμαλία!

«Αλήθεια, αδερφή μου! Έχοντας ένα όμορφο κατάρτι κάθε άνθρωπος γίνεται ευχάριστος! Είθε οι φεμινίστριες να με συγχωρέσουν!

«Δεν χρειάζεται να είμαστε τόσο ριζοσπάστες...!

Οι δυο τους γελούν και συνεχίζουν να τρώνε το φαγητό στο τραπέζι. Για μια στιγμή, τίποτα άλλο δεν είχε σημασία. Αυτοί ήταν μόνοι στον κόσμο και αυτό τους χαρακτήριζε ως θεές της ομορφιάς και της αγάπης. Επειδή το πιο σημαντικό πράγμα είναι να αισθάνεστε καλά και να έχετε αυτοεκτίμηση.

Σίγουροι για τον εαυτό τους, συνεχίζουν στο οικογενειακό τελετουργικό. Στο τέλος αυτού του σταδίου, σερφάρουν στο διαδίκτυο, ακούν μουσική στο στερεοφωνικό του καθιστικού, παρακολουθούν σαπουνόπερες και, αργότερα, μια ταινία πόρνο. Αυτή η βιασύνη τους αφήνει με κομμένη την ανάσα και κουρασμένους, αναγκάζοντάς τους να ξεκουραστούν στα αντίστοιχα δωμάτιά τους. Περίμεναν με ανυπομονησία την επόμενη μέρα.

Αυτό Δεν θα αργήσουν να πέσουν σε βαθύ ύπνο. Εκτός από τους εφιάλτες, η νύχτα και η αυγή λαμβάνουν χώρα εντός των φυσιολογικών ορίων. Μόλις έρθει η αυγή, σηκώνονται και αρχίζουν να ακολουθούν την κανονική ρουτίνα: Μπάνιο, πρωινό, εργασία, επιστροφή στο σπίτι, μπάνιο, μεσημεριανό γεύμα, υπάκου και μετακίνηση στο δωμάτιο όπου περιμένουν την προγραμματισμένη επίσκεψη.

Όταν ακούν χτυπήματα στην πόρτα, η Μπελίνχα σηκώνεται και πηγαίνει να απαντήσει. Με αυτόν τον τρόπο, συναντά τον χαμογελαστό δάσκαλο. Αυτό του προκάλεσε καλή εσωτερική ικανοποίηση.

«Καλώς ήρθες πίσω, φίλε μου! Είστε έτοιμοι να μας διδάξετε;

«Ναι, πολύ, πολύ έτοιμοι! Ευχαριστώ και πάλι για αυτή την ευκαιρία! «Είπε ο Ρενάτο.

"Ας πάμε μέσα! " είπε ο Μπελίνχα.

Το αγόρι δεν σκέφτηκε δύο φορές και δέχτηκε το αίτημα του

κοριτσιού. Χαιρέτησε την Αμαλία και στο σήμα της, κάθισε στον καναπέ. Η πρώτη του στάση ήταν να βγάλει τη μαύρη πλεκτή μπλούζα γιατί έκανε πολύ ζέστη. Με αυτό, άφησε το πηγάδι του-δουλεμένος θώρακας στο γυμναστήριο, ο ιδρώτας στάζει και το σκουρόχρωμο δέρμα του. Όλες αυτές οι λεπτομέρειες ήταν ένα φυσικό αφροδισιακό για αυτούς τους δύο «διεστραμμένους».

Προσποιούμενοι ότι δεν συνέβαινε τίποτα, ξεκίνησε μια συζήτηση μεταξύ των τριών τους.

"Ετοιμάσατε μια καλή τάξη, καθηγητά;" ρώτησε η Αμαλία.

«Ναι! Ας ξεκινήσουμε με ποιο άρθρο; «ρώτησε ο Ρενάτο.

«Δεν ξέρω... », είπε η Αμαλία.

«Τι θα λέγατε να διασκεδάσουμε πρώτα; Αφού έβγαλες το πουκάμισό σου, βρέχτηκα! «Ομολόγησε η Μπελίνχα.

«Κι εγώ», είπε η Αμαλία.

«Εσείς οι δύο είστε πραγματικά μανιακοί του σεξ! Δεν είναι αυτό που αγαπώ; «Είπε ο δάσκαλος.

Χωρίς να περιμένει απάντηση, έβγαλε το μπλε τζιν του που έδειχνε τους προσαγωγούς μύες του μηρού του, τα γυαλιά ηλίου του έδειχναν τα μπλε μάτια του και τέλος τα εσώρουχά του έδειχναν μια τελειότητα μακριού πέους, μεσαίου πάχους και με τριγωνικό κεφάλι. Ήταν αρκετό για τις μικρές πόρνες να πέσουν στην κορυφή και να αρχίσουν να απολαμβάνουν αυτό το ανδρικό, χαρούμενο σώμα. Με τη βοήθειά του, έβγαλαν τα ρούχα τους και ξεκίνησαν τα προκαταρκτικά του σεξ.

Εν ολίγοις, αυτή ήταν μια υπέροχη σεξουαλική συνάντηση όπου βίωσαν πολλά νέα πράγματα. Ήταν σαράντα λεπτά άγριου σεξ σε πλήρη αρμονία. Σε αυτές τις στιγμές, η συγκίνηση ήταν τόσο μεγάλη που δεν παρατήρησαν καν το χρόνο και το χώρο. Επομένως, ήταν άπειροι μέσω της αγάπης του Θεού.

Όταν έφτασαν σε έκσταση, ξεκουράστηκαν λίγο στον καναπέ. Στη συνέχεια μελέτησαν τους κλάδους που χρεώνει ο διαγωνισμός. Ως μαθητές, οι δύο ήταν χρήσιμοι, έξυπνος και πειθαρχημένος, κάτι που σημείωσε ο δάσκαλος. Είμαι βέβαιος ότι οδεύουν προς έγκριση.

Τρεις ώρες αργότερα, εγκατέλειψαν τις υποσχόμενες νέες συναντήσεις μελέτης. Ευτυχισμένες στη ζωή, οι διεστραμμένες αδελφές πήγαν να φροντίσουν τα άλλα καθήκοντά τους ήδη σκεπτόμενες τις επόμενες περιπέτειές τους. Ήταν γνωστοί στην πόλη ως "Οι Ακόρεστοι".

Δοκιμασία διαγωνισμού

Έχει περάσει λίγος καιρός. Για περίπου δύο μήνες, οι διεστραμμένες αδελφές αφιερώνονταν στον διαγωνισμό ανάλογα με τον διαθέσιμο χρόνο. Κάθε μέρα που περνούσε, ήταν πιο προετοιμασμένοι για ό, τι ερχόταν και έφευγε. Ταυτόχρονα, υπήρχαν σεξουαλικές συναντήσεις και, σε αυτές τις στιγμές, απελευθερώθηκαν.

Η ημέρα των εξετάσεων είχε επιτέλους φτάσει. Φεύγοντας νωρίς από την πρωτεύουσα της ενδοχώρας, οι δύο αδελφές άρχισαν να περπατούν τον αυτοκινητόδρομο BR 232 συνολικής διαδρομής 250 χιλιομέτρων. Στο δρόμο, πέρασαν από τα κύρια σημεία του εσωτερικού του κράτους: Αλιεία, Όμορφος κήπος, Σάο Καετάνο, Καρουάρου, Γραβάτα, Μοσχάρια και νίκη του αγίου. Κάθε μία από αυτές τις πόλεις είχε μια ιστορία να πει και από την εμπειρία τους την απορρόφησαν πλήρως. Πόσο καλό ήταν να βλέπεις τα βουνά, το Ατλαντικό δάσος, το caatinga, τα αγροκτήματα, τα αγροκτήματα, τα χωριά, τις μικρές πόλεις και να πιείτε τον καθαρό αέρα που προέρχεται από τα δάση. Το Pernambuco ήταν ένα υπέροχο κράτος!

Μπαίνοντας στην αστική περίμετρο της πρωτεύουσας, γιορτάζουν την καλή πραγματοποίηση του Ταξιδιού. Πάρτε την κεντρική λεωφόρο για το καλό ταξίδι της γειτονιάς όπου θα εκτελέσουν το τεστ. Στο δρόμο, αντιμετωπίζουν συμφόρηση κυκλοφορίας, αδιαφορία από ξένους, μολυσμένους αέρα και έλλειψη καθοδήγησης. Αλλά τελικά τα κατάφεραν. Μπαίνουν στο αντίστοιχο κτίριο, τακτοποιούνται και ξεκινούν τη δοκιμασία που θα διαρκούσε δύο περιόδους. Κατά τη διάρκεια του πρώτου μέρους της δοκιμασίας, επικεντρώνονται πλήρως στην πρόκληση των ερωτήσεων πολλαπλής επιλογής. Λοιπόν, που εκπονήθηκε από την τράπεζα που είναι υπεύθυνη για την εκδήλωση, προκάλεσε τις πιο διαφορετικές επεξεργασίες των δύο. Κατά την άποψή τους, τα πήγαιναν καλά. Όταν έκαναν το διάλειμμα, βγήκαν για μεσημεριανό γεύμα και χυμό σε ένα εστιατόριο μπροστά από το κτίριο. Αυτές οι στιγμές ήταν σημαντικές για να διατηρήσουν την εμπιστοσύνη, τη σχέση και τη φιλία τους.

Μετά από αυτό, επέστρεψαν στο χώρο δοκιμών. Στη συνέχεια ξεκίνησε η δεύτερη περίοδος της εκδήλωσης με θέματα που αφορούν άλλους κλάδους. Ακόμη και χωρίς να διατηρούν τον ίδιο ρυθμό, εξακολουθούσαν να είναι πολύ διορατικοί στις απαντήσεις τους. Απέδειξαν με αυτόν τον τρόπο ότι ο καλύτερος τρόπος για να περάσετε τους διαγωνισμούς είναι να αφιερώσετε πολλά στις μελέτες. Λίγο αργότερα, τερμάτισαν την σίγουρη συμμετοχή τους. Παρέδωσαν τα αποδεικτικά στοιχεία, επέστρεψαν στο αυτοκίνητο, κινούμενοι προς την παραλία που βρίσκεται κοντά.

Στο δρόμο, έπαιξαν, άναψαν τον ήχο, σχολίασαν τον αγώνα και προχώρησαν στους δρόμους της Ρεσίφε βλέποντας τους φωτισμένους δρόμους της πρωτεύουσας επειδή ήταν Νύχτα. Θαυμάζουν το θέαμα που βλέπουν. Δεν είναι περίεργο η πόλη είναι γνωστή ως η «πρωτεύουσα των τροπικών». Ο ήλιος δύει δίνοντας στο περιβάλλον ακόμα πιο μαγευτική όψη. Τι ωραία που είμαι εκεί εκείνη τη στιγμή!

Όταν έφτασαν στο νέο σημείο, πλησίασαν τις ακτές της θάλασσας και στη συνέχεια ξεκίνησαν στα κρύα και ήρεμα νερά της. Το συναίσθημα που προκαλείται είναι εκστατικό χαράς, ικανοποίησης, ικανοποίηση και ειρήνη. Χάνοντας την αίσθηση του χρόνου, κολυμπούν μέχρι να κουραστούν. Μετά από αυτό, βρίσκονται στην παραλία στο φως των αστεριών χωρίς φόβο ή ανησυχία. Η μαγεία τους κατέλαβε έξοχα. Μια λέξη που χρησιμοποιήθηκε σε αυτή την περίπτωση ήταν "Ανυπολόγιστος".

Σε κάποιο σημείο, με την παραλία σχεδόν ερημική, πλησιάζει δύο άνδρες των κοριτσιών. Προσπαθούν να σηκωθούν και να τρέξουν μπροστά στον κίνδυνο. Αλλά σταματούν από τα δυνατά χέρια των αγοριών.

"Πάρτε το χαλαρά, κορίτσια! Δεν πρόκειται να σας βλάψουμε! Ζητάμε μόνο λίγη προσοχή και αγάπη! «Ένας από αυτούς μίλησε.

Αντιμέτωπα με τον γλυκό τόνο, τα κορίτσια γέλασαν με συγκίνηση. Αν ήθελαν σεξ, γιατί να μην τους ικανοποιήσουν; Ήταν ειδικοί σε αυτή την τέχνη. Ανταποκρινόμενοι στις προσδοκίες τους, σηκώθηκαν όρθιοι και τους βοήθησαν να βγάλουν τα ρούχα τους. Παρέδωσαν δύο προφυλακτικά και έκαναν στριπτίζ. Ήταν αρκετό για να τρελάνει αυτούς τους δύο άνδρες.

Πέφτοντας στο έδαφος, αγαπούσαν ο ένας τον άλλον σε ζευγάρια και οι κινήσεις τους έκαναν το πάτωμα να τρέμει.

Επέτρεψαν στον εαυτό τους όλες τις σεξουαλικές παραλλαγές και επιθυμίες και των δύο. Σε αυτό το σημείο παράδοσης, δεν νοιαζόταν για τίποτα ή κανέναν. Για αυτούς, ήταν μόνοι στο σύμπαν σε ένα μεγάλο τελετουργικό αγάπης χωρίς προκαταλήψεις. Στο σεξ, ήταν πλήρως συνυφασμένα παράγοντας μια δύναμη που δεν είχε δει ποτέ. Όπως και τα όργανα, ήταν μέρος μιας μεγαλύτερης δύναμης στη συνέχιση της ζωής.

Μόνο η εξάντληση τους αναγκάζει να σταματήσουν. Πλήρως ικανοποιημένοι, οι άνδρες παραιτήθηκαν και έφυγαν. Τα κορίτσια αποφασίζουν να επιστρέψουν στο αυτοκίνητο. Ξεκινούν το ταξίδι της επιστροφής στην κατοικία τους. Λοιπόν, πήραν μαζί τους τις εμπειρίες τους και περίμεναν καλά νέα για τον διαγωνισμό στον οποίο συμμετείχαν. Σίγουρα άξιζαν την καλύτερη τύχη στον κόσμο.

Τρεις ώρες αργότερα, επέστρεψαν στο σπίτι ειρηνικά. Ευχαριστούν τον Θεό για τις ευλογίες που τους δόθηκαν πηγαίνοντας για ύπνο. Τις προάλλες, περίμενα περισσότερα συναισθήματα για τους δύο μανιακούς.

Η επιστροφή του δασκάλου

Αυγή. Ο ήλιος ανατέλλει νωρίς με τις ακτίνες του να περνούν μέσα από τις ρωγμές του παραθύρου πηγαίνοντας να χαϊδέψουν τα πρόσωπα των αγαπημένων μας μωρών. Επιπλέον, το ωραίο πρωινό αεράκι βοήθησε να δημιουργηθεί διάθεση σε αυτά. Πόσο ωραίο ήταν να έχουμε την ευκαιρία μιας άλλης ημέρας με την ευλογία του Πατέρα. Σιγά-σιγά, οι δυο τους σηκώνονται από τα αντίστοιχα κρεβάτια τους στο την ίδια στιγμή. Μετά το μπάνιο, η συνάντησή τους πραγματοποιείται στο θόλο όπου ετοιμάζουν πρωινό μαζί. Είναι μια στιγμή χαράς, προσμονής και απόσπασης της προσοχής που μοιράζεται εμπειρίες σε απίστευτα φανταστικές στιγμές.

Αφού το πρωινό είναι έτοιμο, συγκεντρώνονται γύρω από το τραπέζι άνετα καθισμένοι σε ξύλινες καρέκλες με πλάτη για τη στήλη. Ενώ τρώνε, ανταλλάσσουν προσωπικές εμπειρίες.

Μπελίνχα

Αδερφή μου, τι ήταν αυτό;

Αμαλία

Καθαρή συγκίνηση! Θυμάμαι ακόμα κάθε λεπτομέρεια των σωμάτων αυτών των αγαπημένων κρετίνων!

Μπελίνχα

Κι εγώ! Ένιωσα μια τεράστια ευχαρίστηση. Ήταν σχεδόν εξ αισθητηριακή.

Αμαλία

Ξέρω! Ας κάνουμε αυτά τα τρελά πράγματα πιο συχνά!

Μπελίνχα

Συμφωνώ!

Αμαλία

Σας άρεσε το τεστ;

Μπελίνχα

Μου άρεσε. Πεθαίνω για να ελέγξω την απόδοσή μου!

Αμαλία

Κι εγώ!

Μόλις τελείωσαν το τάισμα, τα κορίτσια πήραν τα κινητά τους τηλέφωνα με πρόσβαση στο κινητό διαδίκτυο. Προηγήθηκαν στη σελίδα του οργανισμού για να ελέγξουν τα σχόλια της απόδειξης. Το έγραψαν σε χαρτί και πήγαν στο δωμάτιο για να ελέγξουν τις απαντήσεις.

Μέσα, πήδηξαν από χαρά όταν είδαν το καλό σημείωμα. Είχαν περάσει! Το συναίσθημα που αισθάνθηκε δεν μπορούσε να συγκρατηθεί αυτή τη στιγμή. Αφού γιόρτασε πολλά, έχει την καλύτερη ιδέα: Προσκαλέστε τον Δάσκαλο Renato έτσι ώστε να μπορέσουν να γιορτάσουν την επιτυχία της αποστολής. Η Μπελίνχα είναι και πάλι επικεφαλής της αποστολής. Σηκώνει το τηλέφωνό της και καλεί.

Μπελίνχα

Γεια σας?

Ρενάτο

Γεια, είσαι καλά; Πώς είσαι, γλυκιά Μπελ;

Μπελίνχα

Πολύ καλά! Μαντέψτε τι ακριβώς συνέβη.

Ρενάτο

Μη μου πεις εσύ...

Μπελίνχα

Ναι! Περάσαμε το διαγωνισμό!

Ρενάτο

Τα συγχαρητήριά μου! Δεν σας το είπα;

Μπελίνχα

Θέλω να σας ευχαριστήσω πολύ για τη συνεργασία σας με κάθε τρόπο. Με καταλαβαίνεις, έτσι δεν είναι;

Ρενάτο

Καταλαβαίνω. Πρέπει να δημιουργήσουμε κάτι. Κατά προτίμηση στο σπίτι σας.

Μπελίνχα

Αυτός ακριβώς είναι ο λόγος για τον οποίο τηλεφώνησα. Μπορούμε να το κάνουμε σήμερα;

Ρενάτο

Ναι! Μπορώ να το κάνω απόψε.

Μπελίνχα

Απορώ. Σας περιμένουμε τότε στις οκτώ το βράδυ.

Ρενάτο

Εντάξει. Μπορώ να φέρω τον αδερφό μου;

Μπελίνχα

Φυσικά!

Ρενάτο

Τα λέμε αργότερα!

Μπελίνχα

Τα λέμε αργότερα!

Η σύνδεση τερματίζεται. Κοιτάζοντας την αδελφή της, η Μπελίνχα βγάζει ένα γέλιο ευτυχίας. Περίεργος, ο άλλος ρωτά:

Αμαλία

Ε και; αυτός έρχεται;

Μπελίνχα

Είναι εντάξει! Στις οκτώ απόψε θα μαζευόμαστε. Αυτός και ο αδελφός του έρχονται! Έχετε σκεφτεί το όργιο;

Αμαλία

Πες μου γη ᾽αυτό! Ήδη σφύζω από συγκίνηση!

Μπελίνχα

Ας υπάρχει καρδιά! Ελπίζω να λειτουργήσει!

Αμαλία

«Όλα πήγαν καλά!

Οι δύο γελάει ταυτόχρονα γεμίζοντας το περιβάλλον με θετικές δονήσεις. Εκείνη τη στιγμή, δεν είχα καμία αμφιβολία ότι η μοίρα συνωμοτούσε για μια νύχτα διασκέδασης για αυτό το μανιακό δίδυμο. Είχαν ήδη επιτύχει τόσα πολλά στάδια μαζί που δεν θα αποδυναμώνονταν τώρα. Επομένως, θα πρέπει να συνεχίσουν να ειδοποιούν τους άνδρες ως σεξουαλικό παιχνίδι και στη συνέχεια να τους απορρίπτουν. Αυτό ήταν το λιγότερο που μπορούσε να κάνει η φυλή για να πληρώσει για τα βάσανά τους. Στην πραγματικότητα, καμία γυναίκα δεν αξίζει να υποφέρει. Ή μάλλον, κάθε γυναίκα δεν αξίζει πόνο.

Ώρα να φτάσετε στη δουλειά. Αφήνοντας το δωμάτιο ήδη έτοιμο, οι δύο αδελφές πηγαίνουν στο γκαράζ όπου φεύγουν με το ιδιωτικό τους αυτοκίνητο. Η Αμαλία πηγαίνει πρώτα την Μπελίνχα στο σχολείο και μετά φεύγει για το γραφείο του αγροκτήματος. Εκεί, αποπνέει χαρά και λέει τα επαγγελματικά νέα. Για την έγκριση του διαγωνισμού, λαμβάνει τα συγχαρητήρια όλων. Το ίδιο συμβαίνει και με την Μπελίνχα.

Αργότερα, επιστρέφουν στο σπίτι και συναντιούνται ξανά. Στη συνέχεια αρχίζει η προετοιμασία για να λάβετε τους συναδέλφους σας. Η μέρα υποσχέθηκε να είναι ακόμα πιο ξεχωριστή.

Ακριβώς την προγραμματισμένη ώρα, ακούν χτυπήματα στην πόρτα. Η Μπελίνχα, η πιο έξυπνη από αυτές, σηκώνεται και απαντά. Με σταθερά και ασφαλή βήματα, βάζει τον εαυτό του στην πόρτα και την ανοίγει αργά. Μετά την ολοκλήρωση αυτής της επιχείρησης, οραματίζεται το ζευγάρι των αδελφών. Με ένα σήμα από τον οικοδεσπότη, εισέρχονται και εγκαθίστανται στον καναπέ στο σαλόνι.

Ρενάτο

Αυτός είναι ο αδερφός μου. Το όνομά του είναι Ρικάρντο.

Μπελίνχα

Χαίρομαι που σας γνωρίζω, Ρικάρντο.

Αμαλία

Είστε ευπρόσδεκτοι εδώ!

Ρικάρντο

Σας ευχαριστώ και τους δύο. Η ευχαρίστηση είναι όλη δική μου!

Ρενάτο

Είμαι έτοιμος! Μπορούμε απλά να πάμε στο δωμάτιο;

Μπελίνχα

Έλα!

Αμαλία

Ποιος παίρνει ποιον τώρα;

Ρενάτο

Επιλέγω ο ίδιος την Μπελίνχα.

Μπελίνχα

Ευχαριστώ, Renato, ευχαριστώ! Είμαστε μαζί!

Ρικάρντο

Θα χαρώ να μείνω με την Αμαλία!

Αμαλία

Θα τρέμεις!

Ρικάρντο

Θα δούμε!

Μπελίνχα

Τότε αφήστε το πάρτι να ξεκινήσει!

Οι άνδρες τοποθέτησαν απαλά τις γυναίκες στο χέρι, μεταφέροντας τις μέχρι τα κρεβάτια που βρίσκονται στην κρεβατοκάμαρα ενός από αυτούς. Φτάνοντας στο χώρο, βγάζουν τα ρούχα τους και πέφτουν στα όμορφα έπιπλα ξεκινώντας το τελετουργικό της αγάπης σε διάφορες θέσεις, ανταλλάσσουν χάδια και συνενοχή. Ο ενθουσιασμός και η ευχαρίστηση ήταν τόσο μεγάλη που τα βογγητά που παράγονταν ακούγονταν απέναντι από το δρόμο σκανδαλίζοντας τους γείτονες. Εννοώ, όχι τόσο πολύ, γιατί γνώριζαν ήδη για τη φήμη τους.

Με το συμπέρασμα από την κορυφή, οι εραστές επιστρέφουν στην κουζίνα όπου πίνουν χυμό με μπισκότα. Ενώ τρώνε, συνομιλούν για δύο ώρες, αυξάνοντας την αλληλεπίδραση της ομάδας. Πόσο καλό ήταν να είσαι εκεί μαθαίνοντας για τη ζωή και πώς να είσαι ευτυχισμένος. Ικανοποίηση είναι να είσαι καλά με τον εαυτό σου και με τον κόσμο να επιβεβαιώνει τις εμπειρίες και τις αξίες του ενώπιον των άλλων, φέρνοντας τη βεβαιότητα ότι δεν μπορείς να κριθείς από τους άλλους. Ως εκ τούτου, το μέγιστο που πίστευαν ήταν "Ο καθένας είναι ο δικός του άνθρωπος".

Μέχρι το σούρουπο, τελικά λένε αντίο. Οι επισκέπτες φεύγουν αφήνοντας το " Αγαπητοί Πυρηναίοι " ακόμα πιο ευφορία όταν σκέφτονται νέες καταστάσεις. Ο κόσμος συνέχισε να στρέφεται προς τους δύο έμπιστους. Είθε να είναι τυχεροί!

Ο μανιακός κλόουν

Ήρθε η Κυριακή και μαζί του πολλά νέα στην πόλη. Μεταξύ αυτών, η άφιξη ενός τσίρκου που ονομάζεται " αστέρι ", διάσημο σε όλη τη Βραζιλία. Αυτό είναι το μόνο για το οποίο μιλήσαμε στην περιοχή. Περίεργες εγγενώς, οι δύο αδελφές προγραμμάτισαν να παρευρεθούν στα εγκαίνια της παράστασης που είχε προγραμματιστεί για αυτό το βράδυ.

Κοντά στο πρόγραμμα, οι δυο τους ήταν ήδη έτοιμοι να βγουν έξω μετά από ένα ειδικό δείπνο για τη γιορτή του ανύπαντρου ατόμου. Ντυμένοι για το γκαλά, και οι δύο παρέλασαν ταυτόχρονα, όπου έφυγαν από το σπίτι και μπήκαν στο γκαράζ. Μπαίνοντας στο αυτοκίνητο, ξεκινούν με έναν από αυτούς να κατεβαίνει και να κλείνει το γκαράζ. Με την επιστροφή του ίδιου, το ταξίδι μπορεί να συνεχιστεί χωρίς περαιτέρω προβλήματα.

Αφήνοντας την περιοχή Άγια Χριστόφορος, κατευθυνθείτε προς την περιοχή καλή θέα στο άλλο άκρο της πόλης, την πρωτεύουσα της ενδοχώρας με περίπου ογδόντα χιλιάδες κατοίκους. Καθώς περπατούν στις ήσυχες λεωφόρους, εκπλήσσονται από την αρχιτεκτονική, τη χριστουγεννιάτικη διακόσμηση, τα πνεύματα των ανθρώπων, τις εκκλησίες, τα βουνά για τα οποία φαινόταν να μιλούν, τα αρωματικά λογοπαίγνια που ανταλλάσσονταν σε συνενοχή, τον ήχο του δυνατού ροκ, το γαλλικό άρωμα, τις συζητήσεις για την πολιτική, τις επιχειρήσεις, την κοινωνία, τα κόμματα, τον βορειοανατολικό πολιτισμό και τα μυστικά. Τέλος πάντων, ήταν εντελώς χαλαροί, ανήσυχοι, νευρικοί καθώς και συγκεντρωμένοι.

Στο δρόμο, αμέσως, πέφτει μια ωραία βροχή. Ενάντια στις προσδοκίες, τα κορίτσια ανοίγουν τα παράθυρα του οχήματος κάνοντας μικρές σταγόνες νερού να λιπαίνουν τα πρόσωπά τους. Αυτή η χειρονομία δείχνει την απλότητα και την αυθεντικότητά τους, αληθινούς αυτό-αστρικούς πρωταθλητές. Αυτή είναι η καλύτερη επιλογή για τους ανθρώπους. Ποιο είναι το νόημα της απομάκρυνσης των αποτυχιών, της ανησυχίας και του πόνου του παρελθόντος; Δεν θα τους πήγαιναν πουθενά. Γι' αυτό και ήταν ευτυχισμένοι μέσα από τις επιλογές τους. Αν και ο κόσμος τους έκρινε, δεν τους ένοιαζε γιατί τους ανήκε το πεπρωμένο τους. Χρόνια πολλά σε αυτούς!

Περίπου δέκα λεπτά έξω, βρίσκονται ήδη στο πάρκινγκ που συνδέεται με το τσίρκο. Κλείνουν το αυτοκίνητο, περπατούν λίγα μέτρα μέσα στην εσωτερική αυλή του περιβάλλοντος. Για να έρθουν νωρίς, κάθονται στις πρώτες κερκίδες. Ενώ περιμένετε την παράσταση, αγοράζουν που κορών, μπύρα, ρίχνουν τις μαλακίες και σιωπηλά λογοπαίγνια. Δεν υπήρχε τίποτα καλύτερο από το να είσαι στο τσίρκο!

Σαράντα λεπτά αργότερα, η παράσταση ξεκινά. Μεταξύ των αξιοθέατων είναι αστείοι κλόουν, ακροβάτες, καλλιτέχνες τραπεζιού, στρεβλώσεις, σφαίρα θανάτου, μάγοι, ζογκλέρ και μια μουσική παράσταση. Για τρεις ώρες, ζουν μαγικές στιγμές, αστεία, αφηρημένα, παίζουν, ερωτεύονται, επιτέλους, ζουν. Με τη διάλυση της παράστασης, φροντίζουν να πάνε στο καμαρίνι και να χαιρετήσουν έναν από τους κλόουν. Είχε καταφέρει το κόλπο να τους εμψυχώσει σαν να μην συνέβη ποτέ.

Πάνω στη σκηνή, πρέπει να πάρετε μια γραμμή. Συμπωματικά, είναι οι τελευταίοι που μπαίνουν στα αποδυτήρια. Εκεί, βρίσκουν έναν παραμορφωμένο κλόουν, μακριά από τη σκηνή.

«Ήρθαμε εδώ για να σας συγχαρούμε για την υπέροχη εμφάνισή σας. Υπάρχει ένα δώρο του Θεού σε αυτό! Παρακολουθούσε τον Μπελίνχα.

«Τα λόγια σας και οι χειρονομίες σας έχουν κλονίσει το πνεύμα μου. Δεν ξέρω, αλλά παρατήρησα μια θλίψη στα μάτια σας. Έχω δίκιο;

«Σας ευχαριστώ και τους δύο για τα λόγια. Ποια είναι τα ονόματά σας; Απάντησε ο κλόουν.

«Το όνομά μου είναι Αμαλία!

«Το όνομά μου είναι Μπελίνχα.

«Χαίρομαι που σας γνωρίζω. Μπορείς να με φωνάζεις Ζιλμπέρτο! Έχω περάσει αρκετό πόνο σε αυτή τη ζωή. Ένας από αυτούς ήταν ο πρόσφατος χωρισμός από τη γυναίκα μου. Πρέπει να καταλάβετε ότι δεν είναι εύκολο να χωρίσετε από τη σύζυγό σας μετά από 20 χρόνια ζωής, σωστά; Ανεξάρτητα από αυτό, είμαι στην ευχάριστη θέση να εκπληρώσω την τέχνη μου.

«Καημένος! Συγνώμη!(Αμαλία).

«Τι μπορούμε να κάνουμε για να του φτιάξουμε τη διάθεση; (Μπελίνχα).

«Δεν ξέρω πώς. Μετά τον χωρισμό της γυναίκας μου, μου λείπει τόσο πολύ. (Ζιλμπέρτο).

«Μπορούμε να το διορθώσουμε αυτό, έτσι δεν είναι, αδελφή; (Μπελίνχα).

«Σίγουρα. Είσαι ένας όμορφος άνθρωπος.(Αμαλία)

«Σας ευχαριστώ, κορίτσια. Είστε υπέροχοι. Αναφώνησε ο Ζιλμπέρτο.

Χωρίς να περιμένουν άλλο, ο λευκός, ψηλός, δυνατός, σκουρόχρωμος άντρας γδύθηκε και οι κυρίες ακολούθησαν το παράδειγμά του. Γυμνή, η τριάδα μπήκε στα προκαταρκτικά ακριβώς εκεί στο πάτωμα. Περισσότερο από μια ανταλλαγή συναισθημάτων και βρισιών, το σεξ τους διασκέδαζε και τους ενθουσίαζε. Εκείνες τις σύντομες στιγμές, ένιωσαν μέρη μιας μεγαλύτερης δύναμης, της αγάπης του Θεού. Μέσω της αγάπης, έφτασαν στη μεγαλύτερη έκσταση που θα μπορούσε να επιτύχει ένας άνθρωπος.

Τελειώνοντας την πράξη, ντύνονται και λένε αντίο. Αυτό το ένα ακόμη βήμα και το συμπέρασμα που ήρθε ήταν ότι ο άνθρωπος ήταν ένας άγριος λύκος. Ένας μανιακός κλόουν που δεν θα ξεχάσετε ποτέ. Όχι πια, αφήνουν το τσίρκο να κινείται στο πάρκινγκ. Μπαίνουν στο αυτοκίνητο ξεκινώντας το δρόμο της επιστροφής. Τις επόμενες μέρες υποσχέθηκαν περισσότερες εκπλήξεις.

Η δεύτερη αυγή ήρθε πιο όμορφη από ποτέ. Νωρίς το

πρωί, οι φίλοι μας χαίρονται να αισθάνονται τη ζέστη του ήλιου και το αεράκι να περιπλανιέται στα πρόσωπά τους. Αυτές οι αντιθέσεις προκάλεσαν στη φυσική πλευρά του ίδιου ένα καλό αίσθημα ελευθερίας, ικανοποίησης, ικανοποίησης και χαράς. Ήταν έτοιμοι, για, να αντιμετωπίσουν μια νέα μέρα.

Ωστόσο, συγκεντρώνουν τις δυνάμεις τους με αποκορύφωμα την άρση τους. Το επόμενο βήμα είναι να πάτε στη σουίτα και να το κάνετε με εξαιρετική περιφρόνηση σαν να ήταν της πολιτείας της Κλίση. Να μην βλάψουμε τους αγαπημένους μας γείτονες, φυσικά. Η γη όλων των αγίων είναι ένας θεαματικός τόπος γεμάτος πολιτισμό, ιστορία και κοσμικές παραδόσεις. Ζήτω η Κλίση.

Στο μπάνιο, βγάζουν τα ρούχα τους από την περίεργη αίσθηση ότι δεν ήταν μόνοι. Ποιος έχει ακούσει ποτέ για τον μύθο του ξανθού μπάνιου; Μετά από έναν μαραθώνιο ταινιών τρόμου, ήταν φυσιολογικό να μπλέξουμε με αυτό. Στη συνέχεια, κουνάνε το κεφάλι τους προσπαθώντας να είναι πιο ήσυχοι. Ξαφνικά, έρχεται στο μυαλό καθενός από αυτούς, η πολιτική τους πορεία, η πλευρά του πολίτη, η επαγγελματική, θρησκευτική πλευρά τους και η σεξουαλική τους πτυχή. Αισθάνονται καλά που είναι ατελείς συσκευές. Ήταν σίγουροι ότι οι ιδιότητες και τα ελαττώματα πρόσθεταν στην προσωπικότητά τους.

Επιπλέον, κλειδώνονται στο μπάνιο. Ανοίγοντας το ντους, άφησαν το ζεστό νερό να ρέει μέσα από τα ιδρωμένα σώματα λόγω της ζέστης της προηγούμενης νύχτας. Το υγρό χρησιμεύει ως καταλύτης απορροφώντας όλα τα θλιβερά πράγματα. Αυτό ακριβώς χρειάζονταν τώρα: να ξεχάσουν τον πόνο, το τραύμα, τις απογοητεύσεις, την ανησυχία προσπαθώντας να βρουν νέες προσδοκίες. Το τρέχον έτος ήταν κρίσιμο σε αυτό. Μια φανταστική στροφή σε κάθε πτυχή της ζωής.

Η διαδικασία καθαρισμού ξεκινά με τη χρήση φυτικών σφουγγαριών, σαπουνιού, σαμπουάν, εκτός από νερό. Επί του παρόντος, αισθάνονται μια από τις καλύτερες απολαύσεις που σας αναγκάζει να θυμάστε το εισιτήριο στον ύφαλο και τις περιπέτειες στην παραλία. Διαισθητικά, το άγριο πνεύμα τους ζητά περισσότερες περιπέτειες σε αυτό που μένουν για να αναλύσουν το συντομότερο δυνατό. Η κατάσταση ευνοήθηκε από την άδεια που επιτεύχθηκε στο έργο και των δύο ως βραβείο αφοσίωσης στη δημόσια υπηρεσία.

Για περίπου 20 λεπτά, βάζουν λίγο στην άκρη τους στόχους τους για να ζήσουν μια στοχαστική στιγμή στην αντίστοιχη οικειότητά τους. Στο τέλος αυτής της δραστηριότητας, βγαίνουν από την τουαλέτα, σκουπίζουν το βρεγμένο σώμα με την πετσέτα, φορούν καθαρά ρούχα και παπούτσια, φορούν ελβετικά αρώματα, εισάγουν μακιγιάζ από τη Γερμανία με πραγματικά ωραία γυαλιά ηλίου και τιάρες. Εντελώς έτοιμοι, κινούνται προς το κύπελλο με τα πορτοφόλια τους στη λωρίδα και χαιρετούν τους εαυτούς τους χαρούμενους με την επανένωση χάρη στον καλό Κύριο.

Σε συνεργασία, ετοιμάζουν ένα πρωινό φθόνου: κουσκούς σε σάλτσα κοτόπουλου, λαχανικά, φρούτα, κρέμα καφέ και κράκερ. Σε ίσα μέρη, τα τρόφιμα διαιρούνται. Εναλλάσσουν στιγμές σιωπής με σύντομες ανταλλαγές λέξεων επειδή ήταν ευγενικοί. Τελειωμένο πρωινό, δεν υπάρχει διαφυγή πέρα από αυτό που σκόπευαν.

«Τι προτείνεις, Μπελίνχα; Βαριέμαι!

«Έχω μια έξυπνη ιδέα. Θυμάστε εκείνο το άτομο που συναντήσαμε στο λογοτεχνικό φεστιβάλ;

«Θυμάμαι. Ήταν συγγραφέας και το όνομά του ήταν Θεϊκό.

«Έχω τον αριθμό του. Τι θα λέγατε να έρθουμε σε επαφή; Θα ήθελα να μάθω πού ζει.

«Κι εγώ. Μεγάλη ιδέα. Θα το λατρέψω.

«Εντάξει!

Η Μπελίνχα άνοιξε την τσάντα της, πήρε το τηλέφωνό της και άρχισε να καλεί. Σε λίγα λεπτά, κάποιος απαντά στη γραμμή και η συζήτηση ξεκινά.

«Γεια σας.

«Γεια σου, Θεϊκέ. Εντάξει;

«Εντάξει, Μπελίνχα. Πώς πάει;

«Τα πάμε καλά. Κοιτάξτε, υπάρχει ακόμα αυτή η πρόσκληση; Η αδελφή μου και εγώ θα θέλαμε να έχουμε μια ειδική παράσταση απόψε.

«Φυσικά, το κάνω. Δεν θα το μετανιώσετε. Εδώ έχουμε πριόνια, άφθονη φύση, καθαρό αέρα πέρα από μεγάλη παρέα. Είμαι διαθέσιμος και σήμερα.

«Τι υπέροχο. Λοιπόν, περιμένετε μας στην είσοδο του χωριού. Στα περισσότερα 30 λεπτά είμαστε εκεί.

«Είναι εντάξει. Τα λέμε αργότερα!

«Τα λέμε αργότερα!

Η κλήση τερματίζεται. Με ένα χαμόγελο σφραγισμένο, η Μπελίνχα επιστρέφει για να επικοινωνήσει με την αδελφή της.

«Είπε ναι. Εμείς;

«Έλα. Τι περιμένουμε;

Και οι δύο παρελαύνουν από το κύπελλο στην έξοδο του σπιτιού, κλείνοντας την πόρτα πίσω τους με ένα κλειδί. Στη συνέχεια μετακινούνται στο γκαράζ. Οδηγούν το επίσημο οικογενειακό αυτοκίνητο, αφήνοντας πίσω τα προβλήματά τους περιμένοντας νέες εκπλήξεις και συναισθήματα στην πιο σημαντική γη του κόσμου. Μέσα στην πόλη, με έναν δυνατό ήχο, κράτησαν τις λίγες ελπίδες τους για τον εαυτό τους. Άξιζε τα πάντα εκείνη τη στιγμή μέχρι που σκέφτηκα την ευκαιρία να είμαι ευτυχισμένος για πάντα.

Με σύντομο χρονικό διάστημα, παίρνουν τη δεξιά πλευρά του αυτοκινητόδρομου BR 232. Έτσι, ξεκινά την πορεία της πορείας προς την επίτευξη και την ευτυχία. Με μέτρια ταχύτητα, μπορούν να απολαύσουν το ορεινό τοπίο στις όχθες της πίστας. Αν και ήταν ένα γνωστό περιβάλλον, κάθε πέρασμα εκεί ήταν κάτι περισσότερο από μια καινοτομία. Ήταν ένας ανακαλυφθείς εαυτός.

Περνώντας μέσα από μέρη, αγροκτήματα, χωριά, μπλε σύννεφα, στάχτες και τριαντάφυλλα, ξηρός αέρας και ζεστή θερμοκρασία πηγαίνουν. Στον προγραμματισμένο χρόνο, έρχονται στο πιο βουκολικό της εισόδου της ενδοχώρας της Βραζιλίας. Mimoso των συνταγματαρχών, του μέντιουμ, της Άμωμης Σύλληψης και των ανθρώπων με υψηλή πνευματική ικανότητα.

Όταν σταμάτησαν στην είσοδο της συνοικίας, περίμεναν τον αγαπημένο σας φίλο με το ίδιο χαμόγελο όπως πάντα. Ένα καλό σημάδι για όσους αναζητούσαν περιπέτειες. Βγαίνοντας από το αυτοκίνητο, πηγαίνουν να συναντήσουν τον ευγενή συνάδελφο που τους υποδέχεται με μια αγκαλιά που γίνεται τριπλή. Αυτή η στιγμή δεν φαίνεται να τελειώνει. Επαναλαμβάνονται ήδη, αρχίζουν να αλλάζουν τις πρώτες εντυπώσεις.

«Πώς είσαι, Θείε; ρώτησε η Μπελίνχα.

«Ωραία, πώς είσαι; Αντιστοιχούσε στο μέντιουμ.

«Τέλεια!(Μπελίνχα).

«Καλύτερα από ποτέ, συμπλήρωσε η Αμαλία.

«Έχω μια υπέροχη ιδέα. Τι θα λέγατε να ανεβούμε στο βουνό Ororubá; Ήταν εκεί ακριβώς πριν από οκτώ χρόνια που ξεκίνησε η πορεία μου στη λογοτεχνία.

«Τι ομορφιά! Θα είναι τιμή! (Αμαλία).

«Και για μένα! Αγαπώ τη φύση. (Μπελίνχα).

«Λοιπόν, ας πάμε τώρα. (Αλντιβάν).

Υπογράφοντας για να ακολουθήσει, ο μυστηριώδης φίλος των δύο αδελφών προχώρησε στους δρόμους του κέντρου της πόλης. Κάτω προς τα δεξιά, μπαίνοντας σε ένα ιδιωτικό μέρος και περπατώντας περίπου εκατό μέτρα τα βάζει στο κάτω μέρος του πριονιού. Κάνουν μια γρήγορη στάση, ώστε να μπορούν να ξεκουραστούν και να ενυδατωθούν. Πώς ήταν να ανεβαίνεις στο βουνό μετά από όλες αυτές τις περιπέτειες; Το συναίσθημα ήταν γαλήνη, συλλογή, αμφιβολία και δισταγμός. Ήταν σαν να ήταν η πρώτη φορά με όλες τις προκλήσεις να επιβαρύνονται από τη μοίρα. Ξαφνικά, φίλοι αντιμετωπίζουν τον μεγάλο συγγραφέα με χαμόγελο.

«Πώς ξεκίνησαν όλα; Τι σημαίνει αυτό για εσάς; (Μπελίνχα).

«Το 2009, η ζωή μου επιστράφηκε στη μονοτονία. Αυτό που με κράτησε ζωντανό ήταν η θέληση να εξωτερικεύσω αυτό που ένιωθα στον κόσμο. Τότε άκουσα για αυτό το βουνό και τις δυνάμεις της υπέροχης σπηλιάς του. Χωρίς διέξοδο, αποφάσισα να ρισκάρω για λογαριασμό του ονείρου μου. Ετοίμασα την τσάντα μου, ανέβηκα στο βουνό, εκτέλεσα τρεις προκλήσεις τις οποίες διαπίστωσα και μπήκα στο σπήλαιο της απελπισίας, το πιο θανατηφόρο, επικίνδυνο σπήλαιο στον κόσμο. Μέσα σε αυτό, έχω ξεπεράσει μεγάλες προκλήσεις καταλήγοντας να φτάσω στην αίθουσα. Ήταν εκείνη τη στιγμή της έκστασης που συνέβη το θαύμα, έγινα το μέντιουμ, ένα παντογνώστη ον μέσα από τα οράματά του. Μέχρι στιγμής, έχουν υπάρξει άλλες είκοσι περιπέτειες και δεν θα σταματήσω τόσο σύντομα. Χάρη στους αναγνώστες, σταδιακά, επιτυγχάνω τον στόχο μου να κατακτήσω τον κόσμο .

«Συναρπαστικό. Είμαι οπαδός σας. (Αμαλία).

«Συγκινητικό. Ξέρω πώς πρέπει να αισθάνεστε για την εκτέλεση αυτού του καθήκοντος και πάλι. (Μπελίνχα).

«Εξαιρετική. Αισθάνομαι ένα μείγμα καλών πραγμάτων, συμπεριλαμβανομένης της επιτυχίας, της πίστης, του νύχι και της αισιοδοξίας. Αυτό μου δίνει καλή ενέργεια, είπε το μέντιουμ.

«Ωραία. Τι συμβουλή μας δίνετε;

«Ας παραμείνουμε συγκεντρωμένοι. Είστε έτοιμοι να μάθετε καλύτερα για τον εαυτό σας; (ο πλοίαρχος).

«Ναι. Συμφώνησαν και στα δύο.

«Τότε ακολουθήσε με.

Το τρίο έχει ξαναρχίσει την επιχείρηση. Ο ήλιος ζεσταίνεται, ο άνεμος φυσάει λίγο πιο δυνατά, τα πουλιά πετούν μακριά και τραγουδούν, οι πέτρες και τα αγκάθια φαίνεται να κινούνται, το έδαφος τρέμει και οι φωνές του βουνού αρχίζουν να δρουν. Αυτό είναι το περιβάλλον που παρουσιάζεται στην ανάβαση του πριονιού.

Με μεγάλη εμπειρία, ο άνδρας στο σπήλαιο βοηθά τις γυναίκες όλη την ώρα. Ενεργώντας έτσι, έθεσε πρακτικές αρετές σημαντικές όπως η αλληλεγγύη και η συνεργασία. Σε αντάλλαγμα, του δάνεισαν ανθρώπινη θερμότητα και άνιση αφοσίωση. Θα μπορούσαμε να πούμε ότι ήταν αυτή η ανυπέρβλητη, ασταμάτητη, ικανή τριάδα.

Λίγο λίγο, ανεβαίνουν βήμα-βήμα τα βήματα της ευτυχίας.

Παρά το σημαντικό επίτευγμα, παραμένουν ακούραστοι στην αναζήτησή τους. Σε μια συνέχεια, επιβραδύνουν λίγο τον ρυθμό της βόλτας, αλλά διατηρώντας τον σταθερό. Όπως λέει και η παροιμία, σιγά-σιγά πηγαίνει μακριά. Αυτή η βεβαιότητα τους συνοδεύει συνεχώς δημιουργώντας ένα πνευματικό φάσμα ασθενών, προσοχής, ανοχής και υπέρβασης. Με αυτά τα στοιχεία, είχαν πίστη για να ξεπεράσουν κάθε αντιξοότητα.

Το επόμενο σημείο, ο ιερός λίθος, ολοκληρώνει το ένα τρίτο της πορείας. Υπάρχει ένα σύντομο διάλειμμα και το απολαμβάνουν για να προσευχηθούν, να ευχαριστήσουν, να προβληματιστούν και να σχεδιάσουν τα επόμενα βήματα. Στο σωστό μέτρο, προσπαθούσαν να ικανοποιήσουν τις ελπίδες τους, τους φόβους τους, τον πόνο, τα βασανιστήρια και τις θλίψεις τους. Επειδή έχουν πίστη, μια ανεξίτηλη ειρήνη γεμίζει τις καρδιές τους.

Με την επανεκκίνηση του ταξιδιού, η αβεβαιότητα, οι αμφιβολίες και η δύναμη του απροσδόκητου επιστρέφουν στη δράση. Αν και θα μπορούσε να τους τρομάξει, έφεραν την ασφάλεια της ύπαρξης στην παρουσία του Θεού και του μικρού βλαστού της ενδοχώρας. Τίποτα και κανένας δεν θα μπορούσε να τους βλάψει απλώς και μόνο επειδή ο Θεός δεν θα το επέτρεπε. Συνειδητοποίησαν αυτή την προστασία σε κάθε δύσκολη στιγμή της ζωής όπου άλλοι απλά τους εγκατέλειψαν. Ο Θεός είναι ουσιαστικά ο μόνος πιστός φίλος μας.

Επιπλέον, είναι στα μισά του δρόμου. Η ανάβαση συνεχίζεται με περισσότερη αφοσίωση και μελωδία. Σε αντίθεση με ό, τι συμβαίνει συνήθως με τους συνηθισμένους ορειβάτες, ο ρυθμός βοηθά τα κίνητρα, τη θέληση και την παράδοση. Αν και δεν ήταν αθλητές, ήταν αξιοσημείωτη η απόδοσή τους επειδή ήταν υγιείς και αφοσιωμένοι νέοι.

Μετά την ολοκλήρωση των τριών τετάρτων της διαδρομής, η προσδοκία έρχεται σε αφόρητα επίπεδα. Πόσο καιρό θα έπρεπε να περιμένουν; Σε αυτή τη στιγμή της πίεσης, το καλύτερο που είχε να κάνει ήταν να προσπαθήσει να ελέγξει την ορμή της περιέργειας. Όλα ήταν προσεκτικά τώρα λόγω της δράσης των αντίπαλων δυνάμεων.

Με λίγο περισσότερο χρόνο, τελειώνουν τελικά τη διαδρομή. Ο ήλιος λάμπει πιο λαμπερά, το φως του Θεού τους φωτίζει και βγαίνει από ένα μονοπάτι, ο φύλακας και ο γιος του Ρενάτο. Όλα ξαναγεννήθηκαν εντελώς στην καρδιά αυτών των υπέροχων μικρών παιδιών. Άξιζαν αυτή τη χάρη που εργάστηκαν τόσο σκληρά. Το επόμενο βήμα του μέντιουμ είναι να τρέξει σε μια σφιχτή αγκαλιά με τους ευεργέτες του. Οι συνάδελφοί του τον ακολουθούν και κάνουν την πενταπλή αγκαλιά.

" Χαίρομαι που σε βλέπω, γιε του Θεού! Δεν σε έχω δει εδώ και πολύ καιρό! Το μητρικό μου ένστικτο με προειδοποίησε για την προσέγγισή σου, είπε η προγονική κυρία.

«Είμαι χαρούμενος! Είναι σαν να θυμάμαι την πρώτη μου περιπέτεια. Υπήρχαν τόσα πολλά συναισθήματα. Το βουνό, οι προκλήσεις, το σπήλαιο και το ταξίδι στο χρόνο έχουν σημαδέψει την ιστορία μου. Επιστρέφοντας εδώ μου φέρνει καλές αναμνήσεις. Τώρα, φέρνω μαζί μου δύο φιλικούς πολεμιστές. Χρειάζονταν αυτή τη συνάντηση με τον ιερό.

«Πώς σας λένε, κυρίες; Ρώτησε ο φύλακας του Βουνού.

«Το όνομά μου είναι Μπελίνχα και είμαι ελεγκτής.

«Ονομάζομαι Αμαλία και είμαι δασκάλα. Ζούμε στο Πράσινη καμάρα.

«Καλώς ήρθατε, κυρίες. (Φύλακας του Βουνού.).

«Είμαστε ευγνώμονες! Είπαν ταυτόχρονα οι δύο επισκέπτες με δάκρυα να τρέχουν στα μάτια τους.

«Αγαπώ και τις νέες φιλίες. Το να βρίσκομαι ξανά δίπλα στον δάσκαλό μου μου δίνει μια ιδιαίτερη ευχαρίστηση από αυτά τα ανείπωτα. Οι μόνοι άνθρωποι που ξέρουν πώς να το καταλάβουν αυτό είμαστε οι δυο μας. Έτσι δεν είναι, σύντροφε; (Ρενάτο).

«Δεν αλλάζεις ποτέ, Ρενάτο! Τα λόγια σας είναι ανεκτίμητα. Με όλη μου την τρέλα, το να τον βρω ήταν ένα από τα καλά πράγματα του πεπρωμένου μου.

Ο φίλος μου και ο αδελφός μου απάντησαν στο μέντιουμ χωρίς να υπολογίσουν τις λέξεις. Βγήκαν φυσικά για το αληθινό συναίσθημα που έτρεφε γη 'αυτόν.

«Ανταποκρινόμαστε στο ίδιο μέτρο. Αυτός είναι ο λόγος για τον οποίο η ιστορία μας είναι επιτυχημένη, είπε ο νεαρός.

«Τι ωραία που βρίσκομαι σε αυτή την ιστορία. Δεν είχα ιδέα πόσο ξεχωριστό ήταν το βουνό στην τροχιά του, αγαπητέ συγγραφέα, είπε ο Αμαλία.

«Είναι πραγματικά αξιοθαύμαστος, αδερφή. Εκτός αυτού, οι φίλοι σας είναι πραγματικά ωραίοι. Ζούμε την πραγματική μυθοπλασία και αυτό είναι το πιο υπέροχο πράγμα που υπάρχει. (Μπελίνχα).

«Εκτιμούμε το κομπλιμέντο. Ωστόσο, πρέπει να είστε κουρασμένοι από την προσπάθεια που απαιτείται για την αναρρίχηση. Τι θα λέγατε να πάμε σπίτι; Έχουμε πάντα κάτι να προσφέρουμε. (Κυρία).

«Εκμεταλλευτήκαμε την ευκαιρία για να παρακολουθήσουμε τις συνομιλίες μας. Μου λείπει τόσο πολύ ο Ρενάτο.

«Νομίζω ότι είναι υπέροχο. Όσο για τις κυρίες, τι λέτε;

«Θα το λατρέψω.(Μπελίνχα).

«Θα το κάνουμε!

«Τότε αφήστε μας να φύγουμε! Έχει ολοκληρώσει τον πλοίαρχο.

Το κουιντέτο αρχίζει να περπατά με τη σειρά που δίνει αυτή η φανταστική φιγούρα. Αμέσως, ένα κρύο χτύπημα μέσα από τους κουρασμένους σκελετούς της τάξης. Ποια ήταν αυτή η γυναίκα και τι δυνάμεις είχε; Παρά τις τόσες στιγμές μαζί, το μυστήριο παρέμεινε κλειδωμένο ως πόρτα σε επτά κλειδιά. Δεν θα μάθαιναν ποτέ γιατί ήταν μέρος του μυστικού του βουνού. Ταυτόχρονα, οι καρδιές τους παρέμειναν στην ομίχλη. Ήταν εξαντλημένοι από το να δωρίζουν αγάπη και να μην λαμβάνουν, να συγχωρούν και να απογοητεύουν ξανά. Τέλος πάντων, είτε συνήθισαν στην πραγματικότητα της ζωής είτε θα υπέφεραν πολύ. Χρειάζονταν κάποιες συμβουλές, επομένως.

Βήμα προς βήμα, θα ξεπεράσουν τα εμπόδια. Αμέσως, ακούν μια ενοχλητική κραυγή. Με μια ματιά, το αφεντικό τους ηρεμεί. Αυτή ήταν η αίσθηση της ιεραρχίας, ενώ οι ισχυρότεροι και πιο έμπειροι προστατευμένοι, οι υπηρέτες επέστρεφαν με αφοσίωση, λατρεία και φιλία. Ήταν ένας δρόμος διπλής κατεύθυνσης.

Δυστυχώς, θα διαχειριστούν τον περίπατο με μεγάλη και ευγένεια. Ποια ιδέα είχε περάσει από το κεφάλι του Μπελίνχα; Ήταν στη μέση του θάμνου, χτυπημένοι από άσχημα ζώα που θα μπορούσαν να τους βλάψουν. Εκτός από αυτό, υπήρχαν αγκάθια και μυτερές πέτρες στα πόδια τους. Όπως κάθε κατάσταση έχει την άποψή της, όντας εκεί ήταν η μόνη ευκαιρία να καταλάβετε τον εαυτό σας και τις επιθυμίες σας, κάτι έλλειμμα στη ζωή των επισκεπτών. Σύντομα, άξιζε την περιπέτεια.

Στη συνέχεια, στα μισά του δρόμου, θα κάνουν μια στάση. Ακριβώς εκεί κοντά υπήρχε ένα περιβόλι. Κατευθύνονται προς τον ουρανό. Υπαινισσόμενοι τη Βιβλική ιστορία, ένιωθαν εντελώς ελεύθεροι και ενσωματωμένοι στη φύση. Σαν παιδιά, παίζουν αναρριχητικά δέντρα, παίρνουν τα φρούτα, κατεβαίνουν και τα τρώνε. Μετά διαλογίζονται. Έμαθαν μόλις η ζωή φτιαχτεί από στιγμές. Είτε είναι λυπημένοι είτε χαρούμενοι, είναι καλό να τους απολαμβάνουμε όσο είμαστε ζωντανοί.

Στη συνέχεια, κάνουν ένα αναζωογονητικό μπάνιο στη λίμνη που συνδέεται. Αυτό το γεγονός προκαλεί καλές αναμνήσεις κάποτε, από τις πιο αξιοσημείωτες εμπειρίες στη ζωή τους. Πόσο ωραίο ήταν να είσαι παιδί! Πόσο δύσκολο ήταν να μεγαλώσεις και να αντιμετωπίσεις την ενήλικη ζωή. Ζήστε με το ψέμα, το ψέμα και την ψεύτικη ηθική των ανθρώπων.

Προχωρώντας, πλησιάζουν το πεπρωμένο. Κάτω δεξιά στο μονοπάτι, μπορείτε ήδη να δείτε το απλό ξενοδοχείο. Αυτό ήταν το ιερό των πιο υπέροχων, μυστηριωδών ανθρώπων στο βουνό. Ήταν υπέροχα, αυτό που αποδεικνύει ότι η αξία ενός ατόμου δεν είναι σε αυτό που κατέχει. Η ευγένεια της ψυχής είναι στον χαρακτήρα, στη φιλανθρωπία και στις συμβουλευτικές στάσεις. Έτσι, λέει η παροιμία: ένας φίλος στην πλατεία είναι καλύτερος από τα χρήματα που κατατίθενται σε μια τράπεζα.

Λίγα βήματα μπροστά, σταματούν μπροστά στην είσοδο της καμπίνας. Θα πάρουν απαντήσεις στις εσωτερικές σας ερωτήσεις; Μόνο ο χρόνος θα μπορούσε να απαντήσει σε αυτό και σε άλλα ερωτήματα. Το σημαντικό με αυτό ήταν ότι ήταν εκεί για ό, τι έρχεται και φεύγει.

Αναλαμβάνοντας το ρόλο της οικοδέσποινας, ο φύλακας ανοίγει την πόρτα, δίνοντας σε όλους τους άλλους πρόσβαση στο εσωτερικό του σπιτιού. Μπαίνουν στον άδειο θάλαμο, παρατηρώντας τα πάντα ευρέως. Εντυπωσιάζονται από τη λεπτότητα του τόπου που αντιπροσωπεύεται από τη διακόσμηση, τα αντικείμενα, τα έπιπλα και το κλίμα μυστηρίου. Αντίθετα, υπήρχαν περισσότερα πλούτη και πολιτιστική ποικιλομορφία από ό, τι σε πολλά παλάτια. Έτσι, μπορούμε να νιώθουμε ευτυχισμένοι και ολοκληρωμένοι ακόμη και σε ταπεινά περιβάλλοντα.

Ένα προς ένα, θα εγκατασταθείτε στις διαθέσιμες τοποθεσίες, εκτός από το ότι ο Renato πηγαίνει στην κουζίνα για να προετοιμάσει το μεσημεριανό γεύμα. Το αρχικό κλίμα συστολής σπάει.

«Θα ήθελα να σας γνωρίσω καλύτερα, κορίτσια.

«Είμαστε δύο κορίτσια από την πόλη Πράσινη καμάρα. Είμαστε ευτυχισμένοι επαγγελματικά, αλλά χαμένοι στην αγάπη. Από τότε που προδόθηκα από τον παλιό μου σύντροφο, είμαι απογοητευμένος, ομολόγησε η Μπελίνχα.

«Τότε αποφασίσαμε να επιστρέψουμε στους άνδρες. Κάναμε μια συμφωνία για να τους δελεάσουμε και να τους χρησιμοποιήσουμε ως αντικείμενο. Δεν θα υποφέρουμε ποτέ ξανά, είπε η Αμαλία.

«Τους δίνω όλη μου την υποστήριξη. Τους συνάντησα στο πλήθος και τώρα ήρθε η ευκαιρία τους να επισκεφθούν εδώ. (Υιός του Θεού)

"Ενδιαφέρον. Αυτή είναι μια φυσική αντίδραση στον πόνο των απογοητεύσεων. Ωστόσο, δεν είναι ο καλύτερος τρόπος για να ακολουθηθεί. Κρίνοντας ένα ολόκληρο είδος από τη στάση ενός ατόμου είναι ένα σαφές λάθος. Το καθένα έχει την ατομικότητά του. Αυτό το ιερό και ξεδιάντροπο πρόσωπό σας μπορεί να δημιουργήσει περισσότερες συγκρούσεις και ευχαρίστηση. Εναπόκειται σε εσάς να βρείτε το σωστό σημείο αυτής της ιστορίας. Αυτό που μπορώ να κάνω είναι να υποστηρίξω όπως έκανε ο φίλος σας και να γίνω συνεργός σε αυτή την ιστορία που αναλύει το ιερό πνεύμα του βουνού.

«Θα το επιτρέψω. Θέλω να βρεθώ σε αυτό το ιερό. (Αμαλία).

«Δέχομαι και τη φιλία σου. Ποιος ήξερε ότι θα ήμουν σε μια φανταστική σαπουνόπερα; Ο μύθος του σπηλαίου και του βουνού φαίνεται έτσι τώρα. Μπορώ να κάνω μια ευχή;(Μπελίνχα).

«Φυσικά, αγαπητέ.

«Οι ορεινές οντότητες μπορούν να ακούσουν τα αιτήματα των ταπεινών ονειροπόλων όπως συνέβη σε μένα. Έχετε πίστη!(ο γιος του Θεού).

«Είμαι τόσο δύσπιστος. Αλλά αν το πείτε, θα προσπαθήσω. Ζητώ μια επιτυχή κατάληξη για όλους μας. Αφήστε τον καθένα από εσάς να γίνει πραγματικότητα στους κύριους τομείς της ζωής.

«Το παραχωρώ! Βροντάει μια βαθιά φωνή στη μέση του δωματίου.

Και οι δύο πόρνες έχουν κάνει ένα άλμα στο έδαφος. Εν τω μεταξύ, οι άλλοι γελούσαν και έκλαιγαν με την αντίδραση και των δύο. Αυτό το γεγονός ήταν περισσότερο μια πράξη μοίρας. Τι έκπληξη. Δεν υπήρχε κανείς που θα μπορούσε να προβλέψει τι συνέβαινε στην κορυφή του βουνού. Δεδομένου ότι ένας διάσημος Ινδιάνος είχε πεθάνει στη σκηνή, η αίσθηση της πραγματικότητας είχε αφήσει χώρο για το υπερφυσικό, το μυστήριο και το ασυνήθιστο.

«Τι στο διάολο ήταν αυτός ο κεραυνός; Τρέμω μέχρι στιγμής, ομολόγησε η Αμαλία.

«Άκουσα τι είπε η φωνή. Επιβεβαίωσε την επιθυμία μου. Ονειρεύομαι; ρώτησε η Μπελίνχα.

«Θαύματα συμβαίνουν! Με τον καιρό, θα ξέρετε ακριβώς τι σημαίνει να το λέτε αυτό, είπε ο δάσκαλος.

«Πιστεύω στο βουνό και πρέπει να πιστεύεις κι εσύ σε αυτό. Μέσα από το θαύμα της, παραμένω εδώ πεπεισμένος και ασφαλής για τις αποφάσεις μου. Αν αποτύχουμε μία φορά, μπορούμε να ξεκινήσουμε από την αρχή. Υπάρχει πάντα ελπίδα για εκείνους που ζουν - βέβαιος ο Σαμοανός του μέντιουμ δείχνει ένα σήμα στην οροφή.

«Ένα φως. Τι σημαίνει αυτό; (Μπελίνχα).

«Είναι τόσο όμορφο και φωτεινό. (Αμαλία).

«Είναι το φως της αιώνιας φιλίας μας. Αν και εξαφανίζεται σωματικά, θα παραμείνει άθικτη στις καρδιές μας. (Κηδεμόνας

«Είμαστε όλοι φως, αν και με διακριτούς τρόπους. Το πεπρωμένο μας είναι η ευτυχία. (Το μέντιουμ).

Εδώ έρχεται ο Ρενάτο και κάνει μια πρόταση.

«Ήρθε η ώρα να βγούμε έξω και να βρούμε μερικούς φίλους. Ήρθε η ώρα για διασκέδαση.

«Ανυπομονώ για αυτό. (Μπελίνχα)

«Τι περιμένουμε; Είναι καιρός. (ΚΡΑΥΓΕΣ)

Το κουαρτέτο βγαίνει στο δάσος. Ο ρυθμός των βημάτων είναι γρήγορος που αποκαλύπτει μια εσωτερική αγωνία των χαρακτήρων. Το αγροτικό περιβάλλον της Mimoso συνέβαλε σε ένα θέαμα της φύσης. Ποιες προκλήσεις θα αντιμετωπίζατε; Θα ήταν επικίνδυνα τα άγρια ζώα; Οι ορεινοί μύθοι μπορούσαν να επιτεθούν ανά πάσα στιγμή, κάτι που ήταν αρκετά επικίνδυνο. Αλλά το θάρρος ήταν μια ιδιότητα που κουβαλούσαν όλοι εκεί. Τίποτα δεν θα σταματήσει την ευτυχία τους.

Ήρθε η ώρα. Στην ομάδα περιουσιακών στοιχείων, υπήρχε ένας μαύρος άνδρας, ο Renato, και ένα ξανθό άτομο. Στην παθητική ομάδα ήταν οι Divine, Μπελίνχα και Αμαλία. Με τη δημιουργία της ομάδας, η διασκέδαση ξεκινά ανάμεσα στο γκριζοπράσινο από το δάσος της χώρας.

Ο μαύρος βγαίνει ραντεβού με τον Divine. Ο Ρενάτο βγαίνει με την Αμαλία και ο ξανθός άντρας βγαίνει με την Μπελίνχα. Το ομαδικό σεξ ξεκινά με την ανταλλαγή ενέργειας μεταξύ των έξι. Ήταν όλοι για όλους για έναν. Η δίψα για σεξ και ευχαρίστηση ήταν κοινή για όλους. Αλλάζοντας θέσεις, ο καθένας βιώνει μοναδικές αισθήσεις. Δοκιμάζουν πρωκτικό σεξ, κολπικό σεξ, στοματικό σεξ, ομαδικό σεξ μεταξύ άλλων τρόπων σεξ. Αυτό αποδεικνύει ότι η αγάπη δεν είναι αμαρτία. Είναι ένα εμπόριο θεμελιώδους ενέργειας για την ανθρώπινη εξέλιξη. Χωρίς ενοχές, ανταλλάσσουν γρήγορα σύντροφο, ο οποίος παρέχει πολλαπλούς οργασμούς. Είναι ένα μείγμα έκστασης που περιλαμβάνει την ομάδα. Περνούν ώρες κάνοντας σεξ μέχρι να κουραστούν.

Αφού ολοκληρωθούν όλα, επιστρέφουν στις αρχικές τους θέσεις. Υπήρχαν ακόμα πολλά να ανακαλύψετε στο βουνό.

Περιήγηση στην πόλη της Αλιεία

Δευτέρα πρωί πιο όμορφο από ποτέ. Νωρίς το πρωί, οι φίλοι μας έχουν τη χαρά να αισθάνονται τη θερμότητα του ήλιου και το αεράκι να περιπλανιέται στα πρόσωπά τους. Αυτές οι αντιθέσεις προκάλεσαν στη φυσική πλευρά του ίδιου ένα καλό αίσθημα ελευθερίας, ικανοποίησης, ικανοποίησης και χαράς. Ήταν έτοιμοι, για, να αντιμετωπίσουν μια νέα μέρα.

Τώρα που το ξανασκέφτομαι, συγκεντρώνουν τις δυνάμεις τους με αποκορύφωμα την άρση τους. Το επόμενο βήμα είναι να πάτε στις σουίτες και να το κάνετε με εξαιρετική αλητεία σαν να ήταν από την πολιτεία της Κλίση. Να μην βλάψουμε τους αγαπημένους μας γείτονες, φυσικά. Η γη όλων των αγίων είναι ένας θεαματικός τόπος γεμάτος πολιτισμό, ιστορία και κοσμικές παραδόσεις. Ζήτω η Κλίση!

Στο μπάνιο, βγάζουν τα ρούχα τους από την περίεργη αίσθηση ότι δεν ήταν μόνοι. Ποιος έχει ακούσει ποτέ για τον μύθο του ξανθού μπάνιου; Μετά από έναν μαραθώνιο ταινιών τρόμου, ήταν φυσιολογικό να μπλέξουμε με αυτό. Στη συνέχεια, κουνάνε το κεφάλι τους προσπαθώντας να είναι πιο ήσυχοι. Ξαφνικά, έρχεται στο μυαλό καθενός από αυτούς η πολιτική τους πορεία, η πλευρά του πολίτη, η επαγγελματική, θρησκευτική πλευρά τους και η σεξουαλική τους πτυχή. Αισθάνονται καλά που είναι ατελείς συσκευές. Ήταν σίγουροι ότι οι ιδιότητες και τα ελαττώματα πρόσθεταν στην προσωπικότητά τους.

Κλειδώνονται στο μπάνιο. Ανοίγοντας το ντους, άφησαν το ζεστό νερό να ρέει μέσα από τα ιδρωμένα σώματα λόγω της ζέστης της προηγούμενης νύχτας. Το υγρό χρησιμεύει ως καταλύτης απορροφώντας όλα τα θλιβερά πράγματα. Αυτό ακριβώς χρειάζονταν τώρα: να ξεχάσουν τον πόνο, το τραύμα, τις απογοητεύσεις, την ανησυχία προσπαθώντας να βρουν νέες προσδοκίες. Το τρέχον έτος ήταν κρίσιμο σε αυτό. Μια φανταστική στροφή σε κάθε πτυχή της ζωής.

Η διαδικασία καθαρισμού ξεκινά με τη χρήση υαλοκαθαριστήρα, σαπουνιού, σαμπουάν πέρα από το νερό. Σήμερα, αισθάνονται μια από τις καλύτερες απολαύσεις που τους αναγκάζει να θυμούνται το πέρασμα στον ύφαλο και τις περιπέτειες στην παραλία. Διαισθητικά, το άγριο πνεύμα τους ζητά περισσότερες περιπέτειες σε αυτό που μένουν για να αναλύσουν το συντομότερο δυνατό. Η κατάσταση ευνοήθηκε από την άδεια που επιτεύχθηκε στο έργο και των δύο ως βραβείο αφοσίωσης στη δημόσια υπηρεσία.

Για περίπου 20 λεπτά, βάζουν λίγο στην άκρη τους στόχους τους για να ζήσουν μια στοχαστική στιγμή στην αντίστοιχη οικειότητά τους. Στο τέλος αυτής της δραστηριότητας, βγαίνουν από την τουαλέτα, σκουπίζουν το βρεγμένο σώμα με την πετσέτα, φορούν καθαρά ρούχα και παπούτσια, φορούν ελβετικά αρώματα, εισάγουν μακιγιάζ από τη Γερμανία με πραγματικά ωραία γυαλιά ηλίου και τιάρες. Εντελώς έτοιμοι, κινούνται προς το κύπελλο με τα πορτοφόλια τους στη λωρίδα και χαιρετούν τους εαυτούς τους χαρούμενους με την επανένωση χάρη στον καλό Κύριο.

Σε συνεργασία ετοιμάζουν ένα πρωινό με φθόνο, σάλτσα κοτόπουλου, λαχανικά, φρούτα, κρέμα καφέ και κράκερ. Σε ίσα μέρη, τα τρόφιμα διαιρούνται. Εναλλάσσουν στιγμές σιωπής με σύντομες ανταλλαγές λέξεων επειδή ήταν ευγενικοί. Τελειωμένο πρωινό, δεν υπάρχει διαφυγή από ό, τι σκόπευαν.

«Τι προτείνεις, Μπελίνχα; Βαριέμαι!

«Έχω μια έξυπνη ιδέα. Θυμάστε αυτόν τον τύπο που βρήκαμε στο πλήθος;

«Θυμάμαι. Ήταν συγγραφέας και το όνομά του ήταν Θεϊκό.

«Έχω τον αριθμό τηλεφώνου του. Τι θα λέγατε να έρθουμε σε επαφή; Θα ήθελα να μάθω πού ζει.

«Κι εγώ. Μεγάλη ιδέα. Θα ήθελα πολύ.

«Εντάξει!

Η Μπελίνχα άνοιξε την τσάντα της, πήρε το τηλέφωνό της και άρχισε να καλεί. Σε λίγα λεπτά, κάποιος απαντά στη γραμμή και η συζήτηση ξεκινά.

«Γεια σας.

«Γεια σου, Θείε, πώς είσαι;

«Εντάξει, Μπελίνχα. Πώς πάει?

«Τα πάμε καλά. Κοιτάξτε, υπάρχει ακόμα αυτή η πρόσκληση; Εγώ και η αδερφή μου θα θέλαμε να έχουμε μια ειδική παράσταση απόψε.

«Φυσικά, το κάνω. Δεν θα το μετανιώσετε. Εδώ έχουμε πριόνια, άφθονη φύση, καθαρό αέρα πέρα από μεγάλη παρέα. Είμαι διαθέσιμος και σήμερα.

«Τι υπέροχα! Στη συνέχεια περιμένετε μας στην είσοδο του χωριού. Στα περισσότερα 30 λεπτά είμαστε εκεί.

«Εντάξει! Μέχρι τότε!

«Τα λέμε αργότερα!

Η κλήση τερματίζεται. Με ένα χαμόγελο σφραγισμένο, η Μπελίνχα επιστρέφει για να επικοινωνήσει με την αδελφή της.

«Είπε ναι. Πάμε;

«Έλα! Τι περιμένουμε;

Και οι δύο παρελαύνουν από το κύπελλο στην έξοδο του σπιτιού κλείνοντας την πόρτα πίσω τους με ένα κλειδί. Στη συνέχεια, πηγαίνετε στο γκαράζ. Οδηγώντας το επίσημο οικογενειακό αυτοκίνητο, αφήνοντας πίσω τα προβλήματά τους περιμένοντας νέες εκπλήξεις και συναισθήματα στην πιο σημαντική γη του κόσμου. Μέσα στην πόλη, με έναν δυνατό ήχο, κράτησαν τις λίγες ελπίδες τους για τον εαυτό τους. Άξιζε τα πάντα εκείνη τη στιγμή μέχρι που σκέφτηκα την ευκαιρία να είμαι ευτυχισμένος για πάντα.

Με σύντομο χρονικό διάστημα, παίρνουν τη δεξιά πλευρά του αυτοκινητόδρομου BR 232. Έτσι, ξεκινήστε την πορεία του μαθήματος προς την επίτευξη και την ευτυχία. Με μέτρια ταχύτητα, μπορούν να απολαύσουν το ορεινό τοπίο στις όχθες της πίστας. Αν και ήταν ένα γνωστό περιβάλλον, κάθε πέρασμα εκεί ήταν κάτι περισσότερο από μια καινοτομία. Ήταν ένας ανακαλυφθείς εαυτός.

Περνώντας μέσα από μέρη, αγροκτήματα, χωριά, μπλε σύννεφα, στάχτες και τριαντάφυλλα, ξηρός αέρας και ζεστή θερμοκρασία πηγαίνουν. Στον προγραμματισμένο χρόνο, έρχονται στο πιο βουκολικό της εισόδου του εσωτερικού της πολιτείας Pernambuco. Mimoso των συνταγματαρχών, του μέντιουμ, της Άμωμης Σύλληψης και των ανθρώπων με υψηλή πνευματική ικανότητα.

Όταν σταματούσατε στην είσοδο της συνοικίας, περιμένατε τον αγαπημένο σας φίλο με το ίδιο χαμόγελο όπως πάντα. Ένα καλό σημάδι για όσους αναζητούσαν περιπέτειες. Βγείτε από το αυτοκίνητο, πηγαίνετε να συναντήσετε τον ευγενή συνάδελφο που τους δέχεται με μια αγκαλιά που γίνεται τριπλή. Αυτή η στιγμή δεν φαίνεται να τελειώνει. Επαναλαμβάνονται ήδη, αρχίζουν να αλλάζουν τις πρώτες εντυπώσεις.

«Πώς είσαι, Θείε; (Μπελίνχα)

«Λοιπόν, τι γίνεται με σένα; (Το μέντιουμ)

«Τέλεια! (Μπελίνχα)

"Καλύτερα από ποτέ" (Αμαλία)

"Έχω μια υπέροχη ιδέα, τι θα λέγατε να ανεβούμε στο βουνό Ορορούμπα; Ήταν εκεί ακριβώς πριν από οκτώ χρόνια που ξεκίνησε η πορεία μου στη λογοτεχνία.

«Τι ομορφιά! Θα είναι τιμή! (Αμαλία)

«Και για μένα! Λατρεύω τη φύση! (Μπελίνχα)

«Λοιπόν, ας πάμε τώρα! (Αλντιβάν)

Υπογράφοντας για να τον ακολουθήσει, ο μυστηριώδης φίλος των δύο αδελφών προχώρησε στους δρόμους του κέντρου. Κάτω προς τα δεξιά, μπαίνοντας σε ένα ιδιωτικό μέρος και περπατώντας περίπου εκατό μέτρα τα βάζει στο κάτω μέρος του πριονιού. Κάνουν μια γρήγορη στάση για να ξεκουραστούν και να ενυδατωθούν. Πώς ήταν να ανεβαίνεις στο βουνό μετά από όλες αυτές τις περιπέτειες; Το συναίσθημα ήταν γαλήνη, συλλογή, αμφιβολία και δισταγμός. Ήταν σαν να ήταν η πρώτη φορά με όλες τις προκλήσεις να επιβαρύνονται από τη μοίρα. Ξαφνικά, φίλοι αντιμετωπίζουν τον μεγάλο συγγραφέα με χαμόγελο.

«Πώς ξεκίνησαν όλα; Τι σημαίνει αυτό για εσάς;(Μπελίνχα)

«Το 2009, η ζωή μου επιστράφηκε στη μονοτονία. Αυτό που με κράτησε ζωντανό ήταν η θέληση να εξωτερικεύσω αυτό που ένιωθα στον κόσμο. Τότε άκουσα για αυτό το βουνό και τις δυνάμεις της υπέροχης σπηλιάς του. Χωρίς διέξοδο, αποφάσισα να ρισκάρω για λογαριασμό του ονείρου μου. Ετοίμασα την τσάντα μου, ανέβηκα στο βουνό, έκανα τρεις προκλήσεις που είχα διαπιστεύει μπήκα στο σπήλαιο της απελπισίας, το πιο θανατηφόρο, επικίνδυνο σπήλαιο στον κόσμο. Μέσα σε αυτό, έχω ξεπεράσει μεγάλες προκλήσεις καταλήγοντας να φτάσω στην αίθουσα. Ήταν εκείνη τη στιγμή της έκστασης που συνέβη το θαύμα, έγινα το μέντιουμ, ένα παντογνώστη ον μέσα από τα οράματά του. Μέχρι στιγμής, έχουν υπάρξει άλλες είκοσι περιπέτειες και δεν σκοπεύω να σταματήσω τόσο σύντομα. Με τη βοήθεια των αναγνωστών, σιγά-σιγά, πετυχαίνω τον στόχο μου να κατακτήσω τον κόσμο.(ο γιος του Θεού)

"Συναρπαστικό! Είμαι οπαδός σας. (Αμαλία)

" Ξέρω πώς πρέπει να αισθάνεστε για την εκτέλεση αυτού του καθήκοντος ξανά. (Μπελίνχα)

«Πολύ καλό! Αισθάνομαι ένα μείγμα καλών πραγμάτων, συμπεριλαμβανομένης της επιτυχίας, της πίστης, του νύχι και της αισιοδοξίας. Αυτό μου δίνει καλή ενέργεια. (Το μέντιουμ)

«Ωραία! Τι συμβουλή μας δίνετε; (Μπελίνχα)

«Ας παραμείνουμε συγκεντρωμένοι. Είστε έτοιμοι να μάθετε καλύτερα για τον εαυτό σας;(ο πλοίαρχος)

«Ναι! Συμφώνησαν και στα δύο.

«Τότε ακολούθησε με!

Το τρίο έχει ξαναρχίσει την επιχείρηση. Ο ήλιος ζεσταίνεται, ο άνεμος φυσάει λίγο πιο δυνατά, τα πουλιά πετούν μακριά και τραγουδούν, οι πέτρες και τα αγκάθια φαίνεται να κινούνται, το έδαφος τρέμει και οι φωνές του βουνού αρχίζουν να δρουν. Αυτό είναι το περιβάλλον που παρουσιάζεται στην ανάβαση του πριονιού.

Με μεγάλη εμπειρία, ο άνδρας στο σπήλαιο βοηθά τις γυναίκες όλη την ώρα. Ενεργώντας έτσι, έθεσε πρακτικές αρετές σημαντικές όπως η αλληλεγγύη και η συνεργασία. Σε αντάλλαγμα, του δάνεισαν ανθρώπινη θερμότητα και απαράμιλλη αφοσίωση. Θα μπορούσαμε να πούμε ότι ήταν αυτή η ανυπέρβλητη, ασταμάτητη, ικανή τριάδα.

Λίγο λίγο, ανεβαίνουν βήμα-βήμα τα βήματα της ευτυχίας. Με αφοσίωση και επιμονή, προσπερνούν το υψηλότερο δέντρο, ολοκληρώνουν το ένα τέταρτο της διαδρομής. Παρά το σημαντικό επίτευγμα, παραμένουν ακούραστοι στην αναζήτησή τους. Ήταν επειδή συγχαρητήρια.

Σε μια συνέχεια, επιβραδύνετε λίγο το ρυθμό της βόλτας, αλλά διατηρώντας το σταθερό. Όπως λέει και η παροιμία, σιγά-σιγά πηγαίνει μακριά. Αυτή η βεβαιότητα τους συνοδεύει συνεχώς δημιουργώντας ένα πνευματικό φάσμα υπομονής, προσοχής, ανοχής και υπέρβασης. Με αυτά τα στοιχεία, είχαν πίστη για να ξεπεράσουν κάθε αντιξοότητα.

Επόμενο σημείο, ο ιερός λίθος ολοκληρώνει το ένα τρίτο της

πορείας. Υπάρχει ένα σύντομο διάλειμμα και το απολαμβάνουν για να προσευχηθούν, να ευχαριστήσουν, να προβληματιστούν και να σχεδιάσουν τα επόμενα βήματα. Στο σωστό μέτρο, προσπαθούσαν να ικανοποιήσουν τις ελπίδες τους, τους φόβους τους, τον πόνο, τα βασανιστήρια και τις θλίψεις τους. Επειδή έχουν πίστη, μια ανεξίτηλη ειρήνη γεμίζει τις καρδιές τους.

Με την επανεκκίνηση του ταξιδιού, η αβεβαιότητα, οι αμφιβολίες και η δύναμη του απροσδόκητου επιστρέφουν στη δράση. Αν και θα μπορούσε να τους τρομάξει, έφεραν την ασφάλεια να βρίσκονται στην παρουσία του Θεσούλα βλαστάρι του εσωτερικού. Τίποτα και κανένας δεν θα μπορούσε να τους βλάψει απλώς και μόνο επειδή ο Θεός δεν θα το επέτρεπε. Συνειδητοποίησαν αυτή την προστασία σε κάθε δύσκολη στιγμή της ζωής όπου άλλοι απλά τους εγκατέλειψαν. Ο Θεός είναι ουσιαστικά ο μόνος αληθινός και πιστός φίλος μας.

Επιπλέον, είναι στα μισά του δρόμου. Η ανάβαση συνεχίζεται με περισσότερη αφοσίωση και μελωδία. Σε αντίθεση με ό, τι συμβαίνει συνήθως με τους συνηθισμένους ορειβάτες, ο ρυθμός βοηθά το κίνητρο, τη θέληση και την παράδοση. Αν και δεν ήταν αθλητές, ήταν αξιοσημείωτη η απόδοσή τους επειδή ήταν υγιείς και αφοσιωμένοι νέοι.

Από την πορεία του τρίτου τριμήνου, οι προσδοκίες έρχονται σε αφόρητα επίπεδα. Πόσο καιρό θα έπρεπε να περιμένουν; Σε αυτή τη στιγμή της πίεσης, το καλύτερο που είχε να κάνει ήταν να προσπαθήσει να ελέγξει την ορμή της περιέργειας. Όλα ήταν προσεκτικά τώρα λόγω της δράσης των αντίπαλων δυνάμεων.

Με λίγο περισσότερο χρόνο, τελειώνουν τελικά το μάθημα. Ο ήλιος λάμπει πιο λαμπερά, το φως του Θεού τους φωτίζει και βγαίνει από ένα μονοπάτι, ο φύλακας και ο γιος του Ρενάτο.

Όλα ξαναγεννήθηκαν εντελώς στην καρδιά αυτών των υπέροχων μικρών παιδιών. Έχουν κερδίσει αυτή τη χάρη μέσω του νόμου για τις καλλιέργειες-φυτά. Το επόμενο βήμα του μέντιουμ είναι να τρέξει σε μια σφιχτή αγκαλιά με τους ευεργέτες του. Οι συνάδελφοί του τον ακολουθούν και κάνουν την πενταπλή αγκαλιά.

«Χαίρομαι που σε βλέπω, γιε του Θεού! Πολύ καιρό δεν βλέπει! Το μητρικό μου ένστικτο με προειδοποίησε για την προσέγγισή σου, την προγονική κυρία.

Είμαι ευτυχής! Είναι σαν να θυμάμαι την πρώτη μου περιπέτεια. Υπήρχαν τόσα πολλά συναισθήματα. Το βουνό, οι προκλήσεις, το σπήλαιο και το ταξίδι στο χρόνο έχουν σημαδέψει την ιστορία μου. Επιστρέφοντας εδώ μου φέρνει καλές αναμνήσεις. Τώρα, φέρνω μαζί μου δύο φιλικούς πολεμιστές. Χρειάζονταν αυτή τη συνάντηση με τον ιερό.

«Πώς σας λένε, κυρίες;(ο Φύλακας)

«Ονομάζομαι Μπελίνχα και είμαι ώντιτορ.

«Ονομάζομαι Αμαλία και είμαι δασκάλα. Ζούμε στο Πράσινη καμάρα.

«Καλώς ήρθατε, κυρίες. (Ο Φύλακας)

«Είμαστε ευγνώμονες! Είπε παράλληλα με τους δύο επισκέπτες με δάκρυα να τρέχουν στα μάτια τους.

«Αγαπώ και τις νέες φιλίες. Το να βρίσκομαι ξανά δίπλα στον δάσκαλό μου μου δίνει μια ιδιαίτερη ευχαρίστηση από αυτά τα ανείπωτα. Μόνο οι άνθρωποι που ξέρουν πώς να το καταλάβουν αυτό είμαστε οι δυο μας. Έτσι δεν είναι, σύντροφε; (Ρενάτο)

«Δεν αλλάζεις ποτέ, Ρενάτο! Τα λόγια σας είναι ανεκτίμητα. Με όλη μου την τρέλα, το να τον βρω ήταν ένα από τα καλά πράγματα του πεπρωμένου μου. Ο φίλος μου και ο αδελφός μου. (Το μέντιουμ).

Βγήκαν φυσικά για το αληθινό συναίσθημα που έτρεφε γη 'αυτόν.

«Ταιριάζουμε στον ίδιο βαθμό. Αυτός είναι ο λόγος για τον οποίο η ιστορία μας είναι επιτυχημένη», δήλωσε ο νεαρός.

«Είναι καλό να είσαι μέρος αυτής της ιστορίας. Δεν ήξερα καν πόσο ξεχωριστό ήταν το βουνό στην τροχιά του, αγαπητέ συγγραφέα », είπε η Αμαλία.

«Είναι πραγματικά αξιοθαύμαστος, αδερφή. Εκτός αυτού, οι φίλοι σας είναι πολύ φιλικοί. Ζούμε πραγματική μυθοπλασία και αυτό είναι το πιο υπέροχο πράγμα που υπάρχει. (Μπελίνχα)

«Σας ευχαριστούμε για το κομπλιμέντο. Παρ' όλα αυτά, πρέπει να έχουν κουραστεί από την προσπάθεια που καταβάλλεται στην αναρρίχηση. Τι θα λέγατε να πάμε σπίτι; Έχουμε πάντα κάτι να προσφέρουμε. (Κυρία)

«Εκμεταλλευτήκαμε την ευκαιρία να προλάβουμε τις συνομιλίες. Μου λείπεις πάρα πολύ», ομολόγησε ο Ρενάτο.

«Αυτό είναι εντάξει με μένα. Είναι υπέροχο όσο για τις κυρίες, τι μου λένε;

"Θα το λατρέψω! " Ο Μπελίνχα ισχυρίστηκε.

«Ναι, πάμε», συμφώνησε η Αμαλία.

"Λοιπόν, ας φύγουμε! " Ο πλοίαρχος κατέληξε.

Το κουιντέτο αρχίζει να περπατά με τη σειρά που δίνεται από αυτή τη φανταστική φιγούρα. Αυτή τη στιγμή, ένα κρύο χτύπημα μέσα από τους κουρασμένους σκελετούς της τάξης. Ποια ήταν αυτή η γυναίκα, ποια ήταν, που είχε δυνάμεις; Παρά τις τόσες στιγμές μαζί, το μυστήριο παρέμεινε κλειδωμένο ως πόρτα σε επτά κλειδιά. Δεν θα μάθαιναν ποτέ γιατί ήταν μέρος του μυστικού του βουνού. Ταυτόχρονα, οι καρδιές τους παρέμειναν στην ομίχλη. Ήταν εξαντλημένοι από το να δωρίζουν αγάπη και να μην λαμβάνουν, να συγχωρούν και να απογοητεύουν ξανά. Τέλος πάντων, είτε συνήθισαν στην πραγματικότητα της ζωής είτε θα υπέφεραν πολύ. Χρειάζονταν κάποιες συμβουλές, επομένως.

Βήμα προς βήμα, θα ξεπεράσετε τα εμπόδια. Σε μια στιγμή, ακούν μια ενοχλητική κραυγή. Με μια ματιά, το αφεντικό τους ηρεμεί. Αυτή ήταν η αίσθηση της ιεραρχίας, ενώ οι ισχυρότεροι και πιο έμπειροι προστατευμένοι, οι υπηρέτες επέστρεφαν με αφοσίωση, λατρεία και φιλία. Ήταν ένας δρόμος διπλής κατεύθυνσης.

Δυστυχώς, θα διαχειριστούν τον περίπατο με μεγάλη και ευγένεια. Ποια ήταν η ιδέα που είχε περάσει από το κεφάλι της Μπελίνχα; Ήταν στη μέση του θάμνου, χτυπημένοι από άσχημα ζώα που θα μπορούσαν να τους βλάψουν. Εκτός από αυτό, υπήρχαν αγκάθια και μυτερές πέτρες στα πόδια τους. Όπως κάθε κατάσταση έχει την άποψή της, όντας εκεί ήταν η μόνη πιθανότητα να καταλάβεις τον εαυτό σου και τις επιθυμίες σου, κάτι ελλειμματικό στη ζωή των επισκεπτών. Σύντομα, άξιζε την περιπέτεια.

Στη συνέχεια, στα μισά του δρόμου, θα κάνουν μια στάση. Ακριβώς εκεί κοντά υπήρχε ένα περιβόλι. Κατευθύνονται προς τον ουρανό. Υπαινισσόμενοι τη Βιβλική ιστορία, ένιωθαν συμπληρωματικά ελεύθεροι και ενσωματωμένοι στη φύση. Σαν παιδιά, παίζουν αναρριχητικά δέντρα, παίρνουν τα φρούτα, κατεβαίνουν και τα τρώνε. Μετά διαλογίζονται. Έμαθαν μόλις η ζωή φτιαχτεί από στιγμές. Είτε είναι λυπημένοι είτε χαρούμενοι, είναι καλό να τους απολαμβάνουμε όσο είμαστε ζωντανοί.

Στη συνέχεια, κάνουν ένα αναζωογονητικό μπάνιο στη λίμνη που συνδέεται. Αυτό το γεγονός προκαλεί καλές αναμνήσεις κάποτε, από τις πιο αξιοσημείωτες εμπειρίες στη ζωή τους. Πόσο ωραίο ήταν να είσαι παιδί! Πόσο δύσκολο ήταν να μεγαλώσεις και να αντιμετωπίσεις την ενήλικη ζωή. Ζήστε με το ψέμα, το ψέμα και την ψεύτικη ηθική των ανθρώπων.

Προχωρώντας, πλησιάζουν το πεπρωμένο. Κάτω δεξιά στο μονοπάτι, μπορείτε ήδη να δείτε το απλό ξενοδοχείο. Αυτό ήταν το ιερό των πιο υπέροχων, μυστηριωδών ανθρώπων στο βουνό. Ήταν καταπληκτικά αυτό που αποδεικνύει ότι η αξία ενός ατόμου δεν είναι σε αυτό που κατέχει. Η ευγένεια της ψυχής είναι στο χαρακτήρα, στις στάσεις των φιλανθρωπικών οργανώσεων και της συμβουλευτικής. Αυτός είναι ο λόγος για τον οποίο λένε το ακόλουθο ρητό, καλύτερα ένας φίλος στην πλατεία αξίζει από τα χρήματα που κατατίθενται σε μια τράπεζα.

Λίγα βήματα μπροστά, σταματούν μπροστά στην είσοδο της καμπίνας. Πήραν απαντήσεις στις εσωτερικές τους ερωτήσεις; Μόνο ο χρόνος θα μπορούσε να απαντήσει σε αυτό και σε άλλα ερωτήματα. Το σημαντικό με αυτό ήταν ότι ήταν εκεί για ό, τι έρχεται και φεύγει.

Αναλαμβάνοντας το ρόλο της οικοδέσποινας, ο φύλακας ανοίγει την πόρτα δίνοντας σε όλους τους άλλους πρόσβαση στο εσωτερικό του σπιτιού. Μπαίνουν στον μοναδικό μάταιο θάλαμο παρακολουθώντας τα πάντα στη μεγάλη συσκευή. Εντυπωσιάζονται από τη λεπτότητα του τόπου που αντιπροσωπεύεται από τη διακόσμηση, τα αντικείμενα, τα έπιπλα και το κλίμα μυστηρίου. Αντίθετα, σε εκείνο το μέρος υπήρχε περισσότερος πλούτος και πολιτιστική ποικιλομορφία από ό, τι σε πολλά παλάτια. Έτσι, μπορούμε να νιώθουμε ευτυχισμένοι και ολοκληρωμένοι ακόμη και σε ταπεινά περιβάλλοντα.

Ένας-ένας, θα εγκατασταθείτε στις διαθέσιμες τοποθεσίες, εκτός από την κουζίνα του Renato, θα ετοιμάσετε μεσημεριανό γεύμα. Το αρχικό κλίμα συστολής σπάει.

«Θα ήθελα να σας γνωρίσω καλύτερα, κορίτσια. (Ο φύλακας)

«Είμαστε δύο κορίτσια από την πόλη Πράσινη καμάρα. Και οι δύο εγκαταστάθηκαν στο επάγγελμα, αλλά ηττημένοι στην αγάπη. Από τότε που προδόθηκα από τον παλιό μου σύντροφο, είμαι απογοητευμένος, ομολόγησε η Μπελίνχα.

«Τότε αποφασίσαμε να επιστρέψουμε στους άνδρες. Κάναμε μια συμφωνία για να τους δελεάσουμε και να τους χρησιμοποιήσουμε ως αντικείμενο. Δεν θα υποφέρουμε ποτέ ξανά. (Αμαλία)

«Θα τους υποστηρίξω όλους. Τους συνάντησα στο πλήθος και τώρα ήρθαν να μας επισκεφθούν εδώ, και ανάγκασε το βλαστάρι του εσωτερικού.

"Ενδιαφέρον. Αυτή είναι μια φυσική αντίδραση στις απογοητεύσεις που υποφέρουν. Ωστόσο, δεν είναι ο καλύτερος τρόπος για να ακολουθηθεί. Κρίνοντας ένα ολόκληρο είδος από τη στάση ενός ατόμου είναι ένα σαφές λάθος. Το καθένα έχει τη δική του ατομικότητα. Αυτό το ιερό και ξεδιάντροπο πρόσωπό σας μπορεί να δημιουργήσει περισσότερες συγκρούσεις και ευχαρίστηση. Εναπόκειται σε εσάς να βρείτε το σωστό σημείο αυτής της ιστορίας. Αυτό που μπορώ να κάνω είναι να υποστηρίξω όπως έκανε ο φίλος σας και να γίνω συνεργός σε αυτή την ιστορία που αναλύει το ιερό πνεύμα του βουνού.

«Θα το επιτρέψω. Θέλω να βρεθώ σε αυτό το ιερό. (Αμαλία)

«Δέχομαι και τη φιλία σου. Ποιος ήξερε ότι θα ήμουν σε μια

φανταστική σαπουνόπερα; Ο μύθος του σπηλαίου και του βουνού φαίνεται έτσι τώρα. Μπορώ να κάνω μια ευχή;(Μπελίνχα)

«Φυσικά, αγαπητέ.

«Οι ορεινές οντότητες μπορούν να ακούσουν τα αιτήματα των ταπεινών ονειροπόλων όπως συνέβη σε μένα. Έχετε πίστη! Έχει παρακινήσει τον γιο του Θεού.

«Είμαι τόσο δύσπιστος. Αλλά αν το πείτε, θα προσπαθήσω. Ζητώ μια επιτυχή κατάληξη για όλους μας. Αφήστε τον καθένα από εσάς να γίνει πραγματικότητα στους κύριους τομείς της ζωής. (Μπελίνχα)

"Το παραχωρώ! " Βροντήξτε μια βαθιά φωνή στη μέση του δωματίου».

Και οι δύο πόρνες έχουν κάνει ένα άλμα στο έδαφος. Εν τω μεταξύ, οι άλλοι γελούσαν και έκλαιγαν με την αντίδραση και των δύο. Αυτό το γεγονός ήταν περισσότερο μια πράξη μοίρας. Τι έκπληξη! Δεν υπήρχε κανείς που θα μπορούσε να προβλέψει τι συνέβαινε στην κορυφή του βουνού. Δεδομένου ότι ένας διάσημος Ινδιάνος είχε πεθάνει στη σκηνή, η αίσθηση της πραγματικότητας είχε αφήσει χώρο για το υπερφυσικό, το μυστήριο και το ασυνήθιστο.

«Τι στο διάολο ήταν αυτός ο κεραυνός; Τρέμω μέχρι στιγμής. (Αμαλία)

«Άκουσα τι είπε η φωνή. Επιβεβαίωσε την επιθυμία μου. Ονειρεύομαι; (Μπελίνχα)

«Θαύματα συμβαίνουν! Με τον καιρό, θα ξέρετε ακριβώς τι σημαίνει να το πείτε αυτό . "Γλεντούσε τον δάσκαλο".

«Πιστεύω στο βουνό και πρέπει να πιστέψετε κι εσείς. Μέσα από το θαύμα της, παραμένω εδώ πεπεισμένος και ασφαλής για τις αποφάσεις μου. Αν αποτύχουμε μία φορά, μπορούμε να ξεκινήσουμε από την αρχή. Υπάρχει πάντα ελπίδα για όσους ζουν. "Διαβεβαίωσε τον σαμάν του μέντιουμ που δείχνει ένα σήμα στην οροφή".

«Ένα φως. Τι σημαίνει αυτό? με δάκρυα, Μπελίνχα.

«Είναι τόσο όμορφη, φωτεινή και μιλημένη. (Αμαλία)

«Είναι το φως της αιώνιας φιλίας μας. Αν και εξαφανίζεται σωματικά, θα παραμείνει άθικτη στις καρδιές μας. (Κηδεμόνας)

«Είμαστε όλοι φως, αν και με διακριτούς τρόπους. Το πεπρωμένο μας είναι η ευτυχία - επιβεβαιώνει το ψυχικό.

Εδώ έρχεται ο Ρενάτο και κάνει μια πρόταση.

«Ήρθε η ώρα να βγούμε έξω και να βρούμε μερικούς φίλους. Ήρθε η ώρα για διασκέδαση.

«Ανυπομονώ για αυτό. (Μπελίνχα)

«Τι περιμένουμε; Είναι καιρός. (Αμαλία)

Το κουαρτέτο βγαίνει στο δάσος. Ο ρυθμός των βημάτων είναι γρήγορος που αποκαλύπτει μια εσωτερική αγωνία των χαρακτήρων. Το αγροτικό περιβάλλον της Mimoso συνέβαλε σε ένα θέαμα της φύσης. Ποιες προκλήσεις θα αντιμετωπίζατε; Θα ήταν επικίνδυνα τα άγρια ζώα; Οι ορεινοί μύθοι μπορούσαν να επιτεθούν ανά πάσα στιγμή, κάτι που ήταν αρκετά επικίνδυνο. Αλλά το θάρρος ήταν μια ιδιότητα που κουβαλούσαν όλοι εκεί. Τίποτα δεν θα σταματούσε την ευτυχία τους.

Ήρθε η ώρα. Στην ομάδα περιουσιακών στοιχείων, υπήρχε ένας μαύρος άνδρας, ο Renato, και ένα ξανθό άτομο. Στην παθητική ομάδα ήταν οι Divine, Μπελίνχα και Αμαλία. Η ομάδα σχηματίστηκε. Η διασκέδαση ξεκινά ανάμεσα στο γκριζοπράσινο από το δάσος της εξοχής.

Ο μαύρος άντρας βγαίνει ραντεβού θεϊκά. Ο Ρενάτο βγαίνει με την Αμαλία και η ξανθιά βγαίνει με την Μπελίνχα. Το ομαδικό σεξ ξεκινά με την ανταλλαγή ενέργειας μεταξύ των έξι. Ήταν όλοι για όλους για έναν. Η δίψα για σεξ και ευχαρίστηση ήταν κοινή για όλους. Μεταβάλλοντας θέσεις, ο καθένας βιώνει μοναδικές αισθήσεις. Δοκιμάζουν πρωκτικό σεξ, κολπικό σεξ, στοματικό σεξ, ομαδικό σεξ μεταξύ άλλων τρόπων σεξ. Αυτό αποδεικνύει ότι η αγάπη δεν είναι αμαρτία. Είναι ένα εμπόριο θεμελιώδους ενέργειας για την ανθρώπινη εξέλιξη. Χωρίς αισθήματα ενοχής, ανταλλάσσουν γρήγορα σύντροφο, ο οποίος παρέχει πολλαπλούς οργασμούς. Είναι ένα μείγμα έκστασης που περιλαμβάνει την ομάδα. Περνούν ώρες κάνοντας σεξ μέχρι να κουραστούν.

Αφού ολοκληρωθούν όλα, επιστρέφουν στις αρχικές τους θέσεις. Υπήρχαν ακόμα πολλά να ανακαλύψετε στο βουνό.

Τέλος